愿你有能力与生活握手言和

李元元 著

中国妇女出版社

图书在版编目（CIP）数据

愿你有能力与生活握手言和 / 李元元著 . —北京：中国妇女出版社，2017.11

ISBN 978-7-5127-1520-2

Ⅰ . ①愿… Ⅱ . ①李… Ⅲ . ①散文集－中国－当代 Ⅳ . ①I267

中国版本图书馆 CIP 数据核字（2017）第 221779 号

愿你有能力与生活握手言和

作　　者： 李元元　著
责任编辑： 魏　可
责任印制： 王卫东
出版发行： 中国妇女出版社
地　　址： 北京市东城区史家胡同甲24号　　**邮政编码：** 100010
电　　话：（010）65133160（发行部）　65133161（邮购）
网　　址： www.womenbooks.cn
经　　销： 各地新华书店
印　　刷： 三河市天润建兴印务有限公司
开　　本： 145×210　1/32
印　　张： 8.5
字　　数： 180千字
版　　次： 2017年11月第1版
印　　次： 2017年11月第1次
书　　号： ISBN 978-7-5127-1520-2
定　　价： 35.00元

前言

有人说，生容易，活容易，生活不容易。也有人说，生活是一门艺术，你需要懂得如何把它安排得更加丰富多彩。由此看来，怎样才能生活得更好并不是一件很简单的事。在如今快节奏的生活中，浮躁、焦虑、抑郁等负面情绪时常侵蚀着我们脆弱的心灵，如何才能生活得更从容、更平和，确实是一个亟待解决的难题。本书希望借助自己和身边人的真实故事给予朋友们一些生活的正能量。

先从我自己的故事说起吧。

小时候，因为父母都忙，奶奶早已去世，爷爷还要上班，我整天像个流浪儿一般在街上游荡。父母觉得这样下去状况堪忧，在我不到6岁的时候就勉强上了小学。本来就小，去得又晚，看到别人都在练习本上认认真真地写着什么，我一脸茫然。现在想来，那种感觉叫“心塞”。

性格内向，加上学习成绩也不怎么样，所以我就是传说中那种被遗忘的学生。不过，我很享受这样的感觉，因为没人关注，我就可以在老师站在讲台上大讲特讲的时候，天马行空地胡思乱想，然而，一到考试就傻了眼。爷爷是学校返聘回去的教师，我这样的成绩实在让他抬不起头来。于是，在小学的时候，我对学校生活只能用四个字概括：深恶痛绝。

更严重的是，当时所有的生活对我来说都是灰暗的。那时，我特别爱哭，或许只是因为一点儿鸡毛蒜皮，抑或是别人的一个眼神，我就忍不住泪流不止。而且，我觉得自己没有一点儿值得骄傲的地方，无论是长相还是性格，抑或是智慧。用一个词来概括，就是自卑。

自卑又敏感，让我在童年的阴影里难以自拔。只能一头扎进小说的“怀抱”里寻找安慰，如若仍然难以解脱，便等痛痛快快地哭够之后，就开始在本子上写下心中的苦闷和忧伤。后来我发现，写着写着心情就会慢慢变好，而正是在写作的过程中，我又鼓起勇气，准备继续前进了。

多读饱含正能量的书真的可以疗伤，在如饥似渴的阅读过程中，我慢慢发现，没有哪一个人的人生是完美的，不论哪一种生活状态，都是构成我们人生必不可少的一部分。

如山的书籍给了我奋发图强的勇气，我就像变了一个人似的开始努力学习，而也正是因此，我的命运从此改变，从心灵的蜕变到能力的提升，人生的境界大不相同了。

这样的经历岂能独享，现在，我终于如愿以偿地把它呈现到大家面前，共同感受来自身心的巨变。

这本书从鼓起勇气改变自己、坚持当初的选择不放弃、接受无法避免的瑕疵、丢弃无谓的烦恼、注意修炼自己的身心、从身边的事物中发现美、懂得适时给别人一些空间、收获属于自己的精彩等多个方面，带领亲爱的朋友们经历一次心灵的提升之旅。

人们常说：眼睛是心灵的窗户。而实际上，心灵也是我们认识世界的窗户。当我们不再总是把自己放在弱者的位置，不再一个劲儿地抱怨不如别人的起点高，不再以挑剔的眼光看待身边的人，就会发现，没有什么值得我们为之整天愁眉苦脸、闷闷不乐的。振作起来，把握住身边的每一个机会，让心灵和能力来一次亲密接触，努力把生活打理成理想的样子，这才是我们最需要做的。

读完本书你会发现，不管起初的生活有多么不堪，过程中会遇到什么样的难题，当我们学会了与生活握手言和，用平和的心态面对世事无常，可能就不再有能够难住我们的事情。

“人生下来就是为了解决问题的。”当我们正确地看待所有的困难与挫折，只管按照既定的目标向前走即可，总会有属于自己的一片天地在前方等着我们！

愿你能从这本书中获得些许的启发和丝丝的暖意，在以后的人生路上走得更踏实、更坚定！

目 录

C O N T E N T S

002… 愿你有能力与生活握手言和

第五章　你若盛开，清风自来　/ 137

第六章　一花一世界，一叶一菩提　/ 169

第一章

愿你的青春无所畏惧，勇往直前

有价值的人生在于死而无憾

《钢铁是怎样炼成的》一书中有这样一段名言：“人最宝贵的东西是生命，生命对于每个人只有一次。一个人的一生应当这样度过：当他回首往事时，他不会因为虚度年华而悔恨，也不会因为碌碌无为而羞愧。”确实如此，尽管人的一生总会经历诸多的喜怒哀乐，但如果每一件事都能做到无愧于心，这样的人生也便是有价值的了。虽然我们无法左右自己的生死，却可以决定怎样度过自己的人生。

“我准备好了。”保罗轻柔而坚定地说。不是准备好再次走上手术台解除病人的痛苦，而是准备好撤除呼吸辅助设备，准备好注射吗啡，准备好去世了。这是《当呼吸化为空气》一书中的一个片段，却也是现实生活中一个真实的场景。

故事的主人公叫保罗，2013 年时刚刚 36 岁，却被诊断患上了肺癌。

在得知这个噩耗之前，命运曾赋予保罗许多令人垂涎的头衔：受教育状况良好（斯坦福大学学士、剑桥大学硕士、耶鲁大学博士）、家境优良（妻子和父亲都是医生，母亲也接受过系统的教育，兄弟三人皆为名牌大学毕业）、天资聪颖（熟读名著，成绩卓然）、前途光明

（他很快就要成为神经外科主治医师和教授）。然而，他一刻不停向前奔跑的生命却在他的人生巅峰突然来了个急刹车。他与癌症再次狭路相逢，但这次，他是病人。

其实，癌症之所以可怕，也许并不是它最终会导致死亡。而是，死亡就近在眼前，却没有人能够预料究竟会在哪一刻。被死亡追逐却无法对其直视才是最消磨人意志的事情。毕竟，“死亡也许只是一生一次的短暂事件，但与绝症共存则是个长期的过程”。

作为医生，保罗最清楚肺癌四期意味着什么，但即便癌症已将他的人生打得粉碎，他和妻子依然觉得“生活绝不是一味地躲避痛苦”。既然没有办法绕道而行，他和妻子最终做出了一个决定：逼迫自己，回到手术室。因为他要学会以不同的方式活着，直到真正死去的那一刻。

他试着重新安排自己的余生，尽管癌症正迅速侵蚀着他残存的躯体。在生命最后两年的时光里，他继续回到工作岗位完成了住院医师毕业需要的所有内容，与妻子孕育了一个可爱的女儿作为生命的延续，还为妻女争取到足够用的生活费用。

更重要的是，他写下了关于生命的思考——《当呼吸化为空气》。面对死亡，他有过抱怨，但经过苦苦挣扎，他意识到自己此前的选择都是无悔的，走到今天也没有什么遗憾。因此，他努力用智慧和勇气减少亲人的痛苦，用行动和文字告诉身边的朋友们：你永远无法到达完美的境地，但通过不懈的努力奋斗和追求，你就能看见那无限接近完美的渐进曲线。

正如保罗的妻子露西在回忆录中回顾丈夫与病魔对抗的过程时所说："生与死，谁都逃不掉，看不透，但我们有适应和处理的能力；就算无法掌控，也能因为对生与死的探寻，去寻找人生的意义。保罗的遭遇令人悲伤，但他自己，却不是一个悲剧。"

从离开母体的那一刻，我们便拥有了自主呼吸的能力，生命便于这一呼一吸间努力绽放。可总有一天，空气将再也无法通过呼吸进入我们的身体，所有"生"之意义便随着呼吸的结束烟消云散。空气让呼吸得以维持，而呼吸让空气有了生命。

呼吸停止的那一刻，我们作为一个鲜活个体的使命算是走到了尽头，但作为一个曾经独立存在的精神个体却依然延续。那些用心生活过的人，如保罗，总会用行动和语言为依然在世上行走的人们留下些许心灵的启迪。那些带给人感动的强大精神力量不仅不会随着时光的流逝被人们遗忘，相反，它们就像一颗颗能够独自发光的太阳，不论经过多少世事变迁，依然熠熠生辉，用思想的光芒照耀别人的人生。

犹记得 2012 年，边读于娟的《此生未完成》边泪流满面，字里行间那种不愿、不舍却又不能的痛感袭遍全身。34 岁的她正值人生中最美好的阶段，已经体会到初为人母的喜悦，同时又在享受着父母无尽的关爱，爱情依然灿烂，事业一片光明。人生就像是一幅尽情铺展的画卷，所有的美好与善良一起展现。然而，从突然因为钻心的疼痛被推进急救室开始，她的人生便不得不进入能听得到时光飞逝的倒计时阶段。几经濒临死亡边缘，数次徘徊鬼门关口，于娟在与死神搏斗的空隙深刻地记录下游离于生死之间的感受："其实作为人，并不是死过一次就不怕死了，而是越死就越怕死。所谓更怕死，无非是对这个世界的留恋越重而已。”

是啊，直到过着与癌症相伴相生的日子，于娟才真正领悟到生命的意义绝不只是一味地向前奔跑。尽管疼痛已经让她难以自已，乳腺癌的诊断也够让人绝望，可她竟然认为这已经是最好的结果。因为幸好她还能“苟延残喘”，她还拥有与这个深深眷恋的世界告别的时间。

就这样，并不擅长写作的于娟，为了能给这个世界留下点什么，也为了帮助更多在病重过程中容易走弯路而耽误治疗的病友，开始边治疗边记录下自己在治病过程中的点点滴滴。

她说：“我曾经一度犹豫是不是把下面的文字写下来，因为我将要写下来的经历，充分暴露了我和光头对医学科技的无知，对自我判断的偏执，对求生的贪欲，希望癌症一招搞定、三个月痊愈的偷懒。然而，我想，若是不写出来分享给世人，那么可能会有更多的人上当受骗，被谋财，被害命。”

其实，每一个突然得知自己患上重病的人都会面临这样一种境况，然而，很少有人勇于去披露事情的真相。因为说一次就会伤害自己和家人一次。但于娟，却勇于揭开自己的伤疤，把因为对病痛的恐惧而走过的弯路一点一点地揭露出来。由此看来，写作的过程又何尝不是重生的过程，不过是在帮助那些还在同一条路上挣扎的人重生罢了。因为正是通过她的一篇篇在痛苦边缘写下的博文，才让更多被蒙在鼓里的受害人真正了解到“饥饿疗法”的黑幕，让正要踏上那条路的人悬崖勒马，也避免了更多病急乱投医的人受骗上当。

而实际上，也许她写下的文字并不止于此，从另一个层面上，书写的过程其实也是总结和反思的过程，于娟边写边回忆着人生中的得与失，在痛彻心扉中她告诉人们：一定要珍惜眼下的生活，因为当面临死亡的威胁时，所有的功名利禄都抵不过那两个字：活着。

自从被送往医院后，于娟便不得不时常忍受着“生不如死”的“惨痛地狱体验”，但她却依然努力用一份乐观的心态带给病友们些许病痛中的开心体验。

死去活来地痛过之后，她一句“如果不痛，这小日子过得还是很爽的”逗乐了满心愁苦的亲人们。

在遇到丈夫与主治医生的沟通障碍之后，于娟总结了自己的得失，还真诚鼓励和她一样的病友们：“既然我们已经被迫在人生钢丝上悬走，那么不如自己睁大眼睛自己攥紧那根平衡杆，做个有胆气，让医生佩服的病人，让他对你另眼相看。”

经历了赫塞汀注射差点丧命的风波，她又再次发出了善意的提醒：“不要忽视所谓百分之五的概率，做好一切防范准备去应对少有的不良反应出现。”

于娟走了，可她却留给人们许多美好的想象。也许，一个人的生命是可以延长的，而这能够无限延续下去的，便是那美好的灵魂。

人们常说：命运掌握在自己手中。但事实上，当我们与绝症狭路相逢，生命有一大半已经游离于我们的掌控之外时，死亡的威胁就如悬在头上的“达摩克利斯之剑”，时刻煎熬着每一个身处剑下的人。

有的人选择了怨天尤人，一蹶不振，迅速萎靡下去，很快就被癌症斩于马下；有的人却选择了直面生死，用积极的心态应对突如其来的变故，尽管生命终将逝去，可精神的力量却绵延不绝。

正如歌中所唱："我想要怒放的生命，就像飞翔在辽阔天空，就像穿行在无边的旷野，拥有挣脱一切的力量。我想要怒放的生命，就像矗立在彩虹之巅，就像穿行在璀璨的星河，拥有超越平凡的力量。"

不管是不是拥有挣脱一切或是超越平凡的力量，但如果一个人在濒临死亡的边缘，能对自己说一声"此生死而无憾"，那他的一生便是有价值的。

敢于做梦，敢于追梦

已经读大二的小叶突然决定退学去新西兰留学，这个消息一下子让家里炸开了锅。父母气得以泪洗面，亲朋好友轮番上阵摆事实，讲道理，企图劝说小叶放弃她可笑的主意。小叶家庭条件优越，肯定有条件供小叶出国留学，但父母却怎么都无法理解小叶的决定。毕竟，小叶所就读的学校是别人无比艳羡的“985”“211”，所学的专业是热门的经济类学科，并且现在已经上到大二。可小叶退学的理由很简单：“当时填报志愿，完全是父母一手操作。学到现在，我才发现，我确实不喜欢这个专业，不想继续在上面浪费时间。”

父母以前规划好的美好未来突然因为小叶的这一决定被彻底打破，两代人之间顿时变得势同水火。父母威胁要断了女儿的经济来源，女儿说断了也要打工赚钱学自己想学的专业。你来我往间，小叶竟早已偷偷把出国所需的手续准备得差不多了。看到女儿心意已决，父母最终选择了妥协。

估计很多父母看到这里，都会暗自庆幸自己没有遇上这么一个“混世魔王”，甚至会有人冷笑着“哼哼”两声：瞧着吧，这孩子如此任性，以后肯定会吃不少苦。

面对看似离经叛道的人，我们大多数人会表现出些许鄙夷和不屑，因为对于我们来说，试错的成本太高，不如按部就班更稳妥。因此，看到有人不听劝阻，执意追梦，总会举出很多反面的例子加以印证，比如某某某就曾经因为不听老人劝说，执意按照自己的想法做，最终落得生活困顿，远不如那些听话的孩子生活得轻松自在。

但实际上，还有某某某也不听长辈的劝说，执意选择了自己要走的路，结果生活得比其他人更好。一叶障目不见森林的根本原因是，我们在选择能证明自己的意见更正确时，已经自动过滤掉了那些不利于自己的事例，而选择了那些有利于自己的。

我不知小叶以后的生活究竟会走向何方，因为一次选择也许并不能完全决定她此后的人生，能不能真正实现她所向往的生活，还需要诸多因素的配合。但我唯一可以确定的是，不管以后的生活怎么样，她给了自己一次勇于改变的机会，而经历过这样血雨腥风的场面，小叶的内心必定会变得更加强大。

与退学风波相似，我们对辞职也保持着这种好奇心。

曾在网上看到一位公务员的辞职信，人们竞相转发，阅读量飙升，迅速成为网络热文。本以为又是哗众取宠、戏谑调侃之文，没想到，打开后便被其吸引住了。文章文采斐然，感情真挚，合辙押韵，堪称文中极品。想来此文作者定是历练多年，且文章内容发自肺腑，才会有那么多人被其震撼，争相传播。

我兴奋地把这个故事讲给朋友听，没想到他一脸不屑，随口说道："瞎折腾！博人眼球而已！"我一脸错愕，讪讪地把满腔的热情重新咽回肚子里。

是啊！对于喜欢稳定生活的朋友来说，整天满脑子想要离开体制去闯荡的人不是瞎折腾又是什么。放着安安稳稳的日子不过，非要自己找罪受不可，是他们永远无法理解的事情。

小谢刚辞职两个月有余，专心在家做起了自由撰稿人。这职业听起来很酷，但只有小谢自己清楚，这两个月来，她面临着怎样的压力。父母时不时打电话来骚扰她一下，问她还有没有回去工作的可能；朋友也会时常发微信关心她一下，求证她是不是找到了大项目，怎么会那么有决心，竟然狠心抛弃了别人求之不得的“铁饭碗”；还有许多读过她文章的陌生人，充满“敬佩”地向她请教单靠写作到底能不能养活自己，如果可以，那他们也要效仿，这些都让小谢哭笑不得。

其实，如此烦心之外，小谢还不得不面对一个残酷的事实，因为没有人可以定时给她发工资了，所以口袋里的每一分钱都必须计算清楚，仔细规划才能继续支撑以后的生活。

有一段时间，母亲实在不放心她，执意要在她的出租屋里看看她到底在做什么。看到女儿不过是坐在电脑前面不停地打字，很不理解：“坐在办公室里多好啊，到月底就有工资可领，你看你现在就像个疯丫头，真不知道你想干什么。”

小谢从书堆里抬起头来，露出了开心的笑容：“妈，你不理解的事情真的太多了。我还不理解你为什么不做点儿自己喜欢的事情，却总是盯着我不放呢！”

母亲气鼓鼓地转身走进了厨房，小谢赶紧跟了过去，抱着母亲的肩膀说：“妈，你知道吗？我现在很开心，因为这两个月来，我学到了很多新东西。你什么时候见过我像现在这样打了鸡血一样努力？”

对于渴求稳定的妈妈来说，她怎能理解小谢追求成长的心理？

稳定者认为只要不主动改变，这种稳定的状态就会像一层保护膜一样给他们无微不至的关怀，会陪他们走到天荒地老。然而，对于追求变化者来说，世界恒定不变的真理其实是变化。这地球在转，这时间在走，这生命在生老病死的轮回中不断流转。他们想要抓住的是这不断逝去的时光中一种向上的生活状态。

我们大多数人总是喜欢站在原地妄自揣测着别人在改变之后会遇到怎样的麻烦，会怎样的落魄，却忘记了很多事情并不会朝着我们所设想的那个方向行进。很多不能够接受的现象，最终都会变成一道无法回避的风景，时时提醒着我们，那些不能理解的事情终将变得习以为常。

敢于做梦、敢于追梦的人总是会给这个社会制造一些惊喜，但在一定的意义上，勇于突破自己的极限，挑战未知的人生，才是更值得追求的生活。

最美的风景在旅途中

尽管生活忙得不可开交，可安安依然会挤出时间跟着喜欢户外的驴友去爬山。而每次回来后，她必然兴致勃勃地在自己制作的旅行地图上仔细地记录下本次的足迹，并写一写旅途过程中的见闻和感想。她的分享获得了诸多的赞扬，而如今，她的那片小地图上的标记已如一片山花般灿烂地开遍了一个个山头。

看她忙忙碌碌却精神百倍的样子，我的心中不免各种羡慕，但对于我这样气喘吁吁爬上山顶，却总会失落的人来说，实在无法理解安安的快乐。于是，一次约她参加朋友聚会时，我故弄玄虚地充当了一回记者。

“安安女士，听说你是一个登山达人，已经攀登了 78 座山峰。请问，爬了这么多山，你每次都能登上山顶吗？”

“那不一定。有时山间的风景特别好，玩得时间长了，也许就不上去了。”

“那岂不是很可惜？”心中的疑问脱口而出。

“有什么可惜的？山顶的风景并不一定比某一段山路更美。”

“可没登上山顶，就像是没有征服这座山，心里总会有些不舒服吧？”我依然万分困惑。

“那是因为你去爬山的目的只是为了记录你曾经去过，而我则更想浏览一下沿途的风景，至于能不能到达山顶，完全随心所欲。怎么样？回答得还算满意吧？”安安调皮地吐着舌头笑起来。

“何止满意，简直让我五体投地。”

沉思中，我突然缓过神来。正如安安所说，于我而言，爬山就是为了到达山顶。然后，在心里为它画上一个圆满的句号，表示我已经来过了。至于路上的风景如何，几乎在回到山脚的瞬间已经遗忘殆尽。有时，我会恍惚，也许自己根本就没认真地看过那些花草树木、那些溪流泉水、那些山间巨石。走在山间的小路上，我唯一的想法只是喘息着着急地赶路，走到山顶，在心底做个标记，然后返回。

于是，提到爬山，我便不免产生一种抵抗情绪，山顶的景色大同小异，费尽力气爬上去之后留在脑海中的印象少之又少，又何必瞎折腾呢？

可现在想来，人生如登山，我们对待每一段山路与人生之路的心理是何其相似啊！有的人把山顶当成攀登的目的，急匆匆地向前赶路，从来没有注意过路边的风景和变化。而有些人却徐徐而行，沐浴着山间清风，体验着旖旎山色，在走走停停间享受着登山的乐趣。

关于幸福到底是存在于过程还是结果的讨论屡见不鲜，虽然很多人都认为过程更重要，但真正能做到享受过程的人却不多。

朋友的女儿在读完《老人与海》之后，问妈妈：“妈妈，你喜欢《老人与海》的故事吗？”妈妈说：“挺喜欢，但结果太悲惨了，老人努力了一场，最终还是一无所有。”没想到年幼的女儿没有反驳，却若有所思地说：“妈妈，你不觉得老人在海上与大鱼搏斗了很长时间后，筋疲力尽地睡着了也很幸福吗？”

那么问题来了，这在你的心中算是幸福吗？过程与结果到底哪个更重要？

如果按照数学中的排列组合来计算的话，过程与结果可以排列组合成四种形式：享受了过程，获得了成功；享受了过程，未获得成功；未享受过程，获得了成功；未享受过程，未获得成功。从某种角度来说，这四种形式中的前三种都算是结局不错。最悲惨的，莫过于第四种了，既没有感受到过程的快乐，也没有收获到属于自己的成功。可很多时候，我们却很不幸地扮演了这第四种角色。

不知你是否曾经历过：平时不管孩子，可每次当孩子成绩不理想的时候，你总是有各种的责备和埋怨，从不考虑孩子是否曾经付出过努力，用各种不堪的语言训斥孩子。

孩子起初隐忍着、沉默着，可多次的“历史重演”让他再也无法忍受，战争一触即发，家长与孩子之间的关系变得剑拔弩张。这时，家长总忍不住叹息一声：现在的孩子真不听话，做父母真累啊！

其实，出现这种问题在于，我们的着眼点全放在了结果上，却从未考虑过孩子的付出和努力。从出生的那一刻起，每个人就开始朝着属于自己的方向发展，也许，他无法在这片花园里开花，却可以在另一片果园里结果。花可以灿烂一夏，果也可以芳香一秋，如果孩子真的已经努力了，那我们不妨给他一个大大的拥抱，与孩子一同快乐成长的过程要精彩得多。

回头仔细想想，在漫长的生活旅途中，那个所谓的结果真的有那么重要吗？失去了让孩子健康、开心成长的土壤结出的果实是索然无味和后患无穷的！

法国思想家蒙田说："生命的用途并不在长短，而在于我们将会怎样利用它。"我们来自偶然，也终将归于尘土。因此，把握好生命中的点点滴滴，即便如流星般只是刹那间的存在，也要为自己留下划过天空时那抹耀眼的光华。

亚里士多德说："人们总将幸福作为终极目标来追求，而不是作为达到其他目的的手段。"意思是我们总是在不断地追求幸福，却忘了幸福其实就是在追求的过程中。正如行色匆匆地走到山顶，才发现那里并没有我们所要找的幸福，因为幸福就散落在通往山顶的路上，而我们的眼睛却忘了寻找途中的美丽。

实际上，我们应该幸福地生活，而不是为了幸福而生活。我们总在追寻那个所谓幸福的终点，其实幸福就在我们踏出的每一步上！

你若足够强大，何惧世道险恶

漫天都是谢杏芳和林丹的狗血闹剧时，突然接到久未联系的朋友打来的电话。她幽幽地告诉我："我要离婚了！"我惊得眼珠差点儿掉出来，因为她刚生完孩子四五个月，现在连产假还没休完。

"难道是与谢杏芳一样的遭遇？"我追问。

"不是！"她答。

"到底怎么回事？"我的着急并未换来她的答案。其实，我知道，凭她那么要强的性格，如果不是实在难以解开心结，她肯定不会向我倾诉。而听完她沉思良久的讲述，我竟难以开口劝慰她那颗绝望的心。

从学校毕业后，她去了梦寐以求的海滨城市大连，那儿有她的哥哥，当然，那里还有她的初恋。但刚毕业那年，她并未找到合适的工作。漂泊的日子里因为有爱的滋润，她依然觉得那就是人间天堂。可幸福的日子总是踩着舞步悠然而来，踏着滑轮急速离去。五年的苦苦相恋依然没能抵过一见钟情，初恋情人移情于他人，爱情的小船说翻就翻。

无助的日子里，她除了追剧，就是复习考试。学累了，就跟着电视剧里的人又哭又笑；哭累了，也笑累了，再一头扎进书里学一阵。

转眼到了教师招考的日子，她毫无悬念地成为一家公办小学的教师。入职不久，爱情的橄榄枝也抛了过来，有人热心地给她介绍了一位男朋友。男孩是家中独子，长得挺帅，也很会关心体贴人。男孩的嘘寒问暖让处于空窗期，急需寻找一份情感寄托的她一头扎入这段感情中，完全丧失了观察和思考的能力。

虽然在结婚前，她偶尔也会困惑为什么男朋友几乎很少参加朋友聚会，并且很少跟她谈起朋友的大事小情，可被男孩的温柔俘获，她已顾不得想那么多。

认识三个月后，他们结婚了。梦幻般的婚礼，亲戚们的齐声祝福，让身处幸福中的她并未注意到为何竟然没有丈夫的好友前来道贺。

不久，婚后的生活开始出现各种不适，生性活泼的她因为参加朋友或是同事的聚会引来丈夫的诸多不满。以前，她认为那是丈夫太爱她，不愿与她有片刻分离，可现在，她才发现那只是丈夫的控制欲太强。他自己不喜欢参加热闹的场合，更不愿意让她参加。经过几番激烈的争吵，两人之间的感情也像美丽的肥皂泡，随着压力的增大而破裂了，消失无踪。

可就在这时，她发现自己怀孕了。

公婆赶来照顾她，她天真地以为这可能会缓和两人之间脆弱的感情，没想到却是雪上加霜。公公是个更强势的人，而丈夫几乎是公公的傀儡，夫妻之间的争吵自此更是有增无减，以至于她去医院产检，丈夫都从未陪她去过。徘徊在医院的走廊里，她几次都想狠下心来结束胎儿的生命，可每当听到医生说孩子发育得很好时，她的心又忍不住颤抖着放弃了最后的挣扎。

转眼间，女儿来到这个世界。她的母亲从老家赶来照顾月子中的她，丈夫总是爱答不理的样子让本来就高血压的母亲在操劳了一天之后，因为一句口角差点儿晕了过去。多日的委屈终于爆发，她哭着让丈夫滚出去，可没想到那个曾经温柔的男人却极其冷漠地回应说："我滚？你要知道，房产证上是我的名字，该滚的可不应该是我！"

她竟一时语塞，顿觉天旋地转。好不容易扶着墙站稳后，她只觉阵阵寒意从脚底直通头顶。茫然间，一转眼看到悲伤的母亲，她突然意识到自己不能就此倒下去。于是，强打起精神，赶紧先把母亲扶到另外的房间休息。重新回到自己的房间，她抱着襁褓中的女儿泪流满面。

一路追逐爱情的她，竟然被伤害得如此彻底而惨烈！她不知道自己做错了什么，命运竟会如此惩罚她。就这样忍下去，过暗淡如深不见底的黑洞般的生活？还是决绝地离去，带着伤痛转身离开，独自对着黑夜舔舐心灵的伤口？这个难解的问题如两条大蛇攫住她的心灵，令她难以喘息。

30 天的月子期结束，深思熟虑之后的她随着父母回到了生她养她的老家，但她却清楚地知道，这里亦非久居之地。

三个月之后，做出最终决定的她再次回到大连。那个冷冰冰的家依然保留着原来的样子，可一切早已回不到从前。看得出，丈夫依然没有想要和她改善关系的半点表示，于是，她默默地收拾好自己的行李，出门前，将一张离婚协议书轻轻放在桌子上，强忍着就要夺眶而出的眼泪匆匆离去。

她在任教的学校附近租了一处小小的房子，把它布置成自己喜欢的样子。虽然结婚这一年多，家里的开销全是由她来支付，她的手头并不宽裕，但她还是毫不吝惜地买了好多以前喜欢却不敢买的生活用品。以后的日子将由她一个人来掌控，她想把它打理成自己想要的样子。

故事听完了，她低沉的声音让我也顿觉世事的寒凉。就在我搜肠刮肚地准备措辞劝她振作的时候，她却先开口了："没想到，我被所谓的爱逼到了人生的墙角。这些年我一直以为，活在爱情里是件最幸福的事情，可现在我才明白，爱情需要彼此成全。无论何时，都应该保持一份对爱的敬畏，沉迷其中，受伤的何止是自己一个人。"

"那你真的决定放弃了？"我试探着问。

"嗯，给彼此一条生路吧！这段时间，我看了很多书，也想了很多事。我想从爱里抽离一段时间，让自己能够静下心来考虑一下以后的生活。虽然前面的经历有些糟糕，但最近我一直在想，也许被逼到墙角并非一件坏事。"

"嗯，也许会激发你的斗志。"我顺着她的话说。

"是啊！我现在竟真的没有一点儿心理包袱了。反正生活已经这样，还能更糟吗？孩子醒了，我得去忙活了。来大连记得来找我！"

不得不说，最后，我竟然被她洗脑了！

朋友是一个坚强的人，婚姻的磨难并没有让她失去前行的动力，相反，她选择了从悲伤中走出来，更加勇敢地面对生活。紫鸢一样的女子就像一颗宝石，越经磨炼越能焕发出迷人的光芒。

真正的强大是一种由内而外透出的坚韧，即便再艰难的日子，她也能从中感受到阳光的味道。你若足够强大，何惧世道艰险，面对艰难，只有一条路可走，那就是挺起胸膛，活出自己的精彩。

改变从现在开始

开通公众号两三个月的时候，我在朋友圈里也小小地红火了一把。因为经常写一些具有正能量的文章，很多朋友甚至把我当成了倾诉苦恼的对象。

记得一位朋友就曾经问我："看你每天更新文章，好羡慕。我也挺喜欢写作的，但现在开始是不是有些晚了？"

"可是，亲爱的，我也是刚刚开始。我不知道现在开始是不是晚了，我只知道再不开始，就更晚了。"

其实，这不是我的原创，是从朋友小婷那里学来的。因为我们经常挂在嘴边的"晚"，不过是在给自己找可以不做的借口。对于我们来说，什么时候开始都不算晚，只要我们依然活着。

小婷是我的前同事，一位语文老师，40 岁的年纪却义无反顾地学起了心理学。周围的人皆困惑不已，小婷这是要干啥？年纪都一大把了，能把自己的教学工作做好就不错了，何必再去徒增烦恼？说实话，当时我也是这些人中的一员。

一次，我去给孩子开家长会，会议结束的时候，学校早已经放学了。就在我疾步穿过走廊准备回家时，却突然发现其中一间办公室的门依然开着，里面赫然坐着还在学习的小婷。看她学得认真，本不想打扰她，可此前听说她的励志故事后，一直想问问她为何突然现在想起学心理学。也许今天正好是个机会。于是，我决定进去问个究竟。

“什么时候考试？”我翻看着厚厚的辅导资料问小婷。

“还有两个月左右的时间。”小婷边揉着有些发涩的眼睛边回答。

“看你学得好认真啊，似乎已经看了好几遍了。”

“年纪大了，不多看两遍，总是记不住。”

“你怎么想起现在考这个证呢？现在学是不是有点儿晚了？”我看她说到自己的年龄，便赶紧追问。

“是不早了。但现在不开始，就更晚了。”看我没有吱声，小婷接着说，“我其实早就想考心理咨询师了，因为我觉得学点儿心理学知识对工作和生活都挺有用的。但那时工作忙，孩子也需要照顾，实在没有时间。现在虽然工作也忙，但孩子大了，已经不需要我再花费那么大精力了，我正好可以干点儿自己喜欢的事情。年纪大了，记得慢，忘得快，但学了就会有收获，我感觉现在与学生的交流更顺畅了。我一直在想，如果我能学得更早一点儿，也许会更好一些。”

“你现在学已经很不错了，还有很多人空有许多美妙的想法，都不知道何时开始呢！”听了小婷的一席话，我忍不住由衷地感叹。

我们总是喜欢拿年龄说事，很多人会说：你看，我都 40 岁了才开始，而人家从 20 岁就开始做了。确实，40 岁对于 20 岁来说，是有点晚了。可 40 岁对于 80 岁来说，却还早得很。

虽然小婷 40 岁才开始学心理学，但她的后半生就能够有心理学作为生活的支撑，她会更了解如何与青春期的孩子相处，如何为抑郁的心解开心结，如何让自己的生活更加精彩。而那些还没有开始的人呢？依然不知何时才会开始。

人们常说：万事开头难。在开通公众号之前，我也犹豫了好长时间。虽然我酷爱写作，也喜欢把写成的稿子与大家分享，但看到公众号早已如雨后春笋一样冒出那么多，我不知道自己到底能够走多远。

纠结中，我与一位喜欢以妙语点醒别人的朋友聊天时，便把自己的困惑一股脑儿地告诉了他。

倾诉完之后，我问他："你说，我还有三年就 40 岁了，是不是开始得有点儿晚了？"

他哈哈地笑我傻："你这话说得好像你不开通公众号，就会一直 37 岁一样。"我当时如果口中有水，肯定喷他一脸。不过，仔细想想，却觉得蛮有哲理。

"你写作的目的是什么？"看我有所领悟，他接着问。

"梳理心情，宣泄感情，总结经验，让自己活得更好啊！"

"对呀，那你从现在开始把自己的文章写好就行，何必管别人开始得早与晚？写一天就有一天的收获。如果不开通，估计你会一直懒下去，那样的话，一天的收获也没有了。"也是啊，我竟然没有话能够反驳。

我很庆幸他的当头棒喝。有了公众号，有了关注我的人，我便只能奋力奔跑。以前因为懒散，即便有好的想法，我也是今天拖明天，明天拖后天，拖着拖着，灵感没有了，再好的想法也都泡了汤。但现在，宁可晚睡，宁可早起，我也坚持把想到的事情记录下来。稍加构思，形成文章，呈现到关注我、支持我的人面前。

虽然每天 4 点半就起床对我来说是个考验，但天天写稿确实让我进步很大。更激动人心的是，到现在我才发现，原来我竟然可以这样勤奋。

有点儿晚有什么关系？即使我们不能如别人那般成功，但在前进的路上，我们却一直在成长。

73 岁的黄炎贞老奶奶都开始实现年少时的梦想，把远方当成目标，骑骆驼、走西藏、穿大漠，亲眼见到了只在梦中出现的青海湖，我们怎么知道现在开始就晚了呢？

成功的要义在于坚持

回到办公室，耿小天沮丧得捶胸顿足，因为她在公司大会上又“失语”了。众目睽睽之下，她语无伦次地只说了几句话便张口结舌地匆匆结束了自己的话题。看着其他同事在侃侃而谈，领导也一个劲儿地表示肯定，耿小天真恨不得找个地缝钻进去。

当然，这已经是她第N次出现这样的情况了。其实，每次开会前，她都清楚地知道要好好准备发言内容，可事实是，即便准备了，她又能说出些什么呢？仔细回想来到公司的这三年，她还真是没有什么可圈可点的事迹。因为每次想好好工作，也都只是三分钟热情，还没做出什么成绩呢，自己便主动放弃了。所以看到同时期进公司的同事都已经在公司混得风生水起，她的心里虽然酸溜溜的，但也没有什么可埋怨的。

说起来，耿小天并不比别人差。她毕业于一所名牌大学的中文系，论学历，论能力，她怎么都得算中等偏上。起初，她想做个自由职业者，于是，她开始疯狂地上网搜寻各种自由职业者的信息。就在她百无聊赖地在网上浏览信息时，突然看到一篇荐稿人介绍自己如何荐稿的文章。她的眼前一亮，原来荐稿和写稿赚钱都不少啊，这不是自己的长项吗？

荐稿就是给一些文摘类杂志选送优质的、符合杂志风格的文章，推荐给杂志编辑，赚取稿费。耿小天心想，这不是很简单的事吗？复制、粘贴，咱还是很在行的。可怎么发，发给谁呢？她决定交钱拜师学艺，800元钱交了，她开始逐步了解到荐稿规则。这时，她才发现，事情绝没有她想象得那么简单。荐稿人要先研究杂志的风格，然后广泛地寻找合适的文章，还要不停地复制、粘贴看中的稿子，更要忍受长时间投出稿子后石沉大海的煎熬。开始的一个星期，她很努力，每天都会坚持不停地看啊看，找啊找，投啊投。可一个月过去了，她收到的回信只有三个。她开始怀疑，这个真的能赚钱养活自己吗？

这时，她看到荐稿群里有人说写稿赚钱，又看到有人在微信公众号、QQ空间上写稿子，每天的赞赏就好几百，耿小天决定转行开始写稿。一开始，她还是信心满满的，自己好歹是中文系出身，文笔还是相当不错的。可她满腔热情地忙活了一个月，公众号和空间里的文章除了老朋友们偶尔点个赞之外，根本无人问津。这让她沮丧至极，这样下去，何时才能见到收益啊？更别说大红大紫了。尤为重要的是，要想走写稿这条路，就必须坚持对自己的上传平台进行维护和更新，这也就意味着，不论她的心情是阴还是晴，不论你今天有没有特别紧急的事情，都必须赶在第二天之前把稿子写完，更新在微信公众号或是QQ空间里。那么，问题来了，万一确实有非常重要的事情，时间不够用，写不完怎么办？答案只有一个：熬夜。看着日渐加深的黑眼圈，耿小天欲哭无泪。“这写稿还真不是人干的活呢！难道这世间真的就没有轻松又赚钱多的工作吗？”耿小天忍不住感叹起来。怎么办？耿小天左思右想，终于再次决定放弃。

后来，耿小天来到了这家公司从事行政工作，她再次立下豪言壮语，这次一定要大干一场，可每天繁复的工作让耿小天忘记了自己当初的承诺。坚持学习业务的热情也只维持了几个月便烟消云散。于是，她就又变成了文章开头所写的那般半死不活的状态。

据说，“失语”的那天晚上，朋友约她出去吃饭，她竟不知不觉喝多了。原因是她听说原来一起荐稿的朋友现在每个月都能赚到4000多了，而她当时也交了学费，可至今，学费的钱都没赚回来。她感慨地拍着朋友的肩膀说：“你说，我当时不论做哪一份工作，只要坚持下去，都已经做得很不错了。可我怎么都半途而废了呢？”

耿小天的遭遇不免让人唏嘘，可也会让人不由得产生一个疑问：坚持真的有那么难吗？答案是肯定的，因为我也是文中的那个耿小天。但坚持真的是不可为吗？答案却是否定的，因为很多人在做好选择之后就坚持走下去了，而他们现在大多已经收获了令人艳羡的成绩。

“行百里者半九十”，回头想想，我们中的大部分人不是都像耿小天吗？我们总是喜欢垂涎别人的光鲜，却从未注意他们背后的努力和坚持。日本作家村上春树每天坚持长跑，参加过多次全程马拉松比赛，他在《当我谈跑步时，我谈些什么》一书中写道：“假如说跑着跑着突然觉得‘啊呀呀，好累人啊，我不行啦’，这个‘好累人’是无法避免的事实，然而是不是果真‘不行’，还得听凭本人裁量。”而他，是每次都坚持到最后的！

纵观人类历史，没有持之以恒、坚忍不拔的毅力的人最后莫不充当了“打酱油”的角色！人类是最会趋利避害的动物，遇到困难就喜欢绕道而行，还总会自我安慰说，别的路上也许会有更精彩的风景。不幸的是，不断地习惯性放弃，让我们错失了许多难得的机遇，让我们在别人不断进步的时候却只能在原地踏步。我曾经便是耿小天的原型。愿你在看完这个故事之后在想放弃的时候，再咬牙坚持一段时间，翻过这座“山”，你会发现：前面的风景分外迷人！

通往辽阔世界的捷径就是一直学习

这几年，小姨父的生意做得风生水起，注册了自己的公司，有了自己的团队，还承接了数座楼盘，物质生活得到极大改善，看得从小一起玩泥巴的兄弟和小伙伴们各种羡慕。

开始我总以为是小姨父的运气好，赶上了房地产行业发展的风口，才会有今天的辉煌。然而，后来多方消息汇聚，我才知道风口只是外因，真正促使他的人生发生改变的，是他在 20 世纪 80 年代末就已经开始学习各种建筑图纸的设计和制作。记得有一次春节聚会，有一位年长的亲戚酒过三巡之后，忍不住感慨地说："你看还是人家小亮眼睛亮，年轻时候的书没白读啊，当时一家人都说他瞎折腾，说他都结婚了，还出去读书，不是耽误过日子吗。还是他媳妇有眼光，拿出嫁妆钱让他去学画建筑施工图，现在也开始跟着享福了吧！"

原来，小姨和小姨父结婚后不久，为了贴补家用，姨夫便开始去建筑工地当小工。头脑灵活的他发现，小工辛苦一年，还不如人家画图纸的工程师工作一个月挣的钱多。他便萌生出去学习的念头，回家跟家人商量，家人都不同意，只有小姨觉得他说得有道理。小姨高中毕业就嫁给了小姨父，虽然因为各种原因，她不得不辍学种地，但她却依然觉得唯有读书才可以改变目前的生活。她不顾家人的反对，把结婚的嫁妆拿出来给小姨父交了学费，支持他出去学习建筑施工图的设计。

一年后，小姨父学成归来，开始在各个建筑工地寻找合适的机会。起初，他不过是拾点儿别人牙慧，画点儿人家懒得画的图纸。然而，90 年代起，楼房如雨后春笋般冒了出来，房地产行业发展得如火如荼，建筑人才市场急需扩容。而经过多年的磨炼和学习，小姨父迅速成长起来，逐渐由画简单的图纸发展到画复杂的图纸，再到开始接一些工程。工程越接越多，生意越来越好，他也就发展成了别人眼中财大气粗的大老板。

小米科技创造人雷军说：只要站在风口，猪也能飞起来。然而，经过磨难，却依然坚挺地生活下来的著名企业家褚时健却说：坐在风口上的猪迟早会摔下来。这飞起来确实需要机遇，而这能不能摔下来却需要自身能力的支撑。

不得不说，小姨父的成功正好赶上了一个产业发展的好时代，让他有了可以借力飞翔的风。可真正让他发展壮大且一路畅通的，则是因为他通过学习获取了改变自己的资本。他的人生注定从他出去学习开始，就已经变得与众不同。

无独有偶，通过学习找到人生坐标，并在此基础上走出更壮丽人生的人还真不少。就在大家掰着指头数又有几家企业要破产的时候，有些人却仍然把生意经营得有声有色。这其中就有一位被人称呼为董总的人，他是朋友小安所在公司的老板。

我并不认识董总，但因为小安的缘故，我也慢慢对其敬佩有加。因为每次吃饭，小安必会谈起其老板的二三事，而这其中，没有抱怨，全是佩服。

一次，小安又说起他的老板如何神勇，另一位朋友忍不住同他开玩笑说："你老板到底给你什么好处了？你这么卖力地替他宣传。"小安不仅没恼，反而笑了："好处没给，但遇到靠谱的老板比给好处来得更实惠。"嗬，他这么一说，其他人更好奇了，主动催他讲讲老板的奇闻逸事。

小安说，他陪老板出差过多次，最神奇的莫过于每次自己搞不定的订单，在老板一番谈天说地中却总是可以轻松拿下。老板学历并不高，因为家贫，初中未毕业，便辍学赚钱贴补家用，可他十分喜欢读书，尤喜历史，虽不说读书破万卷，但各种流行的历史书却必定被其收入囊中。而正是这份"谈资"，成为他打开销售之门的"金钥匙"。

公司规模还很小时，产品推销得并不是很顺利，所以有时老板也不得不亲自赤膊上阵。有一次，他跟着老板去山东德州推销产品，第一站先去了一个推销员很长时间都没有争取到的大客户那里。人家说："我很忙，只能给你5分钟的时间介绍产品。"老板笑了，说："没问题，3分钟就够了。"

结果，从产品谈到公司战略，再到古代人文历史，一路聊下来，两个小时过去了，客户还没聊够，非要留下他们吃饭不可，以便继续聊。

一番觥筹交错之后，越聊越投机，那家大客户竟然当场要签订单，还要预先支付货款。小安形容说，他当时惊讶得下巴差点儿掉下来。后来，小安与这家客户更加熟悉后才了解到，人家之所以签单，一是因为钦佩老板的学识，二是觉得老板爱读书，善学习，这样的人日后必定差不了。

后来，小安跟老板提起这件事，老板忍不住哈哈大笑起来："看来书中真有黄金屋啊！"

人的一生中，关键处不过几步，而恰恰就是这几步决定了我们此后的人生走向。"外物之味，久则可厌；读书之味，越久越深。"选择了读书学习，也许未必会让我们立刻走上迅速发展的快车道，但随着读过的书越来越多，知识自会为我们铺就一条宽阔的成功之路。书中的内容会不断沉淀下来，融入我们的血肉，提升我们的精神，打造我们不同于常人的气场，成就我们的非凡人生。

老辈人常常告诫年轻人，只有不断增加阅历，才能真正增加生命的厚度。那何为阅历？所谓的阅历，无非是多多阅读，此为阅；多多见识，即为历。这也便是那句耳熟能详的古语"读万卷书，行万里路"的现代版注解吧！

有些事情的开始需要进行时间的筹划，还需要资金的支持，但网络时代，学习变得更加便捷，只要你想学，随时随地就可以。它们也许会让你的心微微荡起波澜，也许会形成某些记忆留存在心中，但只要你开始学习，总会得到些许收获，获得些许启发！

总是有人比你更努力

自从开始经营微信公众号，每天都忙得心烦意躁。每天都会纠结着到底要不要继续下去，想要放弃的念头最终真的变成了现实。公众号里面的内容从日更变为一周三篇，到后来一周一篇，直到最后，一个月也不想更新一篇。

突然停下来的时候，人往往会感觉格外的轻松。我开始把大把的时间贡献给八卦，每天无数次刷屏，看看有没有什么娱乐热点。当时哈哈一笑，自忖无压力的人生真美好。但时间一长，无聊和空虚却渐渐把我压得喘不过气来。因为转身一看，放弃写作之后看似忙碌的生活中竟未留下片刻值得回忆的东西。更揪心的是，有一天受身边人的故事启发想写篇感悟文章，可坐在书桌前想了半天也未能写下只言片语。三个月未动笔的我真的退步了很多。

恍惚中，又随手拿起手机，翻起了朋友圈。突然发现以前的一个文友发了一条动态说他的文章破了 10 万 +，我的心禁不住猛地一激灵，想当年我们起步时的状态相差无几，而现在，他早已把我甩下了几条街。仔细翻看他公众号中的文章，我才发现，他文章的质量和阅读量早就实现了质的突破。

我忍不住给他发了条消息，祝贺他并向他取经他是如何做得那么成功的。过了两个小时，终于收到了他的回复。他还是那样健谈，但他说最近工作忙得要命，刚才刚做完手术。

“那你怎么还有时间写文章？”我赶紧问。

“唉，挤时间呗！你看这是我写稿时截的一个图，自己都把自己感动了。”

我点开他发给我的图片，发现上面的时间显示已经半夜 1 点钟，而他的屏幕上是刚刚码好的要发布的文章。而那时，我应该早已刷完屏进入梦乡多时。

我们常用“羡慕嫉妒恨”来表达当我们看到别人成功时的心情，但其实，羡慕嫉妒也许有，可恨却绝对不可以。因为我们只看到别人成功的光环，却并未注意到别人背后的努力。

要知道，生活从不会偏袒任何人。那些努力学习、时刻反思自己的人，都已成长为遥不可及的“明星”；而那些把别人的事当成获得一时快感来寻求心理安慰的人，却将永远活在安慰之中。

辞职读研之前，我在一所中学任教。办公室有一位同事是代课教师，经常不满自己的现状，却从不寻求改变。她没有别的爱好，就是特别喜欢八卦，每天早晨的固定课题便是东家长，西家短，直说得自己唾沫乱溅，别人耳朵生茧，她也不肯停下。

彼时，我正准备考研。每当她站在我的办公桌前，滔滔不绝地说着各种鸡毛蒜皮的时候，我都恨不得浇她一盆冷水，其他的同事大多也有如此的感受。

后来，我离开了那所学校。而她，依然活在自己的八卦世界里，把工作和生活打理得一团糟。

而另一位同为代课老师的同事，却与她截然相反。

他看到代课终究不能实现自己转正的愿望后，便选择了辞职经商。在这期间，由于机缘巧合，他研究起了股票，非常迷恋。但股市风云变幻，在一次股灾中，他血本无归。那段时间，网上各种因为炒股破产的新闻甚嚣尘上。很多因为炒股赔钱的人都在从议论别人的痛苦中获得了片刻的安慰，而他，只管埋头研究那些别人看不懂的线和炒股的书籍。

K 线、套利、政策……他一一研究，并认真做了各种笔记。也就是从那时起，他养成了每天做 2000 字笔记的习惯。

工夫不负有心人，虽说股市难测，但他却通过把自己的学习和实战结合起来，成功从股市淘到第一桶金。此后，他更是一发不可收拾，资金越滚越大。

再回头看看那些整天把各种新闻当“精神鸦片”的人，却依然挣扎在如何赚钱养家的境地。有些人甚至从此远离股市，不断地慨叹着“股市有风险”，每当说起成功者时，总不忘加一句：“那小子真幸运！”

其实，很多事情，真的不是一句“因为别人幸运”所能搪塞的。我们需要做的是要时常反思自己：当别人在利用有限的时间成长的时候，我们到底在干什么？

相同处境的人，因为努力程度的不同，打造出两段截然不同的人生。而更值得反思的是，那些已经有资本不需要奋斗的人，却依然比我们更努力。

第二章

不忘初心，方得始终

信仰是一种力量

最近，中央电视台《朗读者》栏目异常火爆，而随之迅速征服广大观众的，不是那些一线的大牌明星，甚至也不是那些十分有名气的企业家，而是两位非常有个性的耄耋老人：许渊冲和潘际銮。

他们没有青春靓丽的容颜，在主持人没有介绍他们之前，甚至没有人知道他们的名字。但当他们的故事公开之后，观众无不对其敬佩有加。因为他们一生都在坚持当初的选择，不忘初心，努力把自己的工作做到极致。话不醉人人自醉，信仰的力量顷刻之间深深地打动了观众们的心。

许渊冲老先生因为喜欢一位女同学，于 1939 年把林徽因的诗《别丢掉》译成英文，发表在《文学翻译报》上。虽说两人最终并未再产生任何交集，但他却因此与翻译结下了不解之缘。

你仍得相信

山谷中留着

有那回音！

这是《别丢掉》中的片段，而“别丢掉”也成为许渊冲一生的关键词，他对翻译的热爱，从那一刻出发一直到今天，再未停止。

2017 年，许渊冲已经 96 岁，距离他被诊断为直肠癌已经过去了十年多。即便如此，他还在认真地计算着自己能够翻译多少著作。他在现场自豪地说：“我还是正常做我的事，活得好好的，过好每一天。2014 年的时候，得了国际译联杰出文学翻译奖，成了首位获此殊荣的亚洲翻译家，让中国文化得到了认可。我希望我还可以抓紧时光，多为翻译中国文化做些事情。”

有了信仰，生活也会变得单纯。如今的许渊冲，依旧保持着旺盛的精力，他每天坚持工作六七个小时，甚至还幽默地说如果时间实在不够，就向黑夜偷一点儿时间，争取在 100 岁的时候，翻译完《莎士比亚全集》。他对翻译的热爱从未改变，一如当初做出选择时那么坚定：精益求精，努力把作品翻译到完美。

另一位老人是 90 高龄的潘际銮院士，他是我国第一条高铁的铁轨焊接顾问，是我国第一座自行建设的核电站——秦山核电站的焊接顾问。自从与焊接工作接触，便把一生都献给了它。

作为书香世家的孩子，潘际銮先生自幼就非常自强，爱学习。10 岁时，正逢“七七”卢沟桥事变，全国人民陷入了水深火热之中，而这次事件也彻底改变了潘际銮先生的命运。为了四处躲避日本飞机的轰炸，他不得不辗转于各个山洞藏身。那时，他才开始深刻地感受到“落后就要挨打”的真切含义。他和与他一样满怀爱国激情的同学一起立下誓言：我们念书的目的，就是抗日、救国、回家这么三句话。

抗战胜利后，潘际銮先生的家已经没了。回到清华大学的潘际銮先生，师从机械工程学系奠基人之一的李辑祥学习焊接工程。当时并没有多少人理解这样一个行业的发展前景，但潘老并未因此选择放弃，而是在焊接工作上扎下根去，精心学习相关技术，并最终成功运用于现在的高铁和核电站等高科技产品中，造福中国，造福世界。作为中国焊接技术学科的奠基人，他主导创建了哈工大和清华大学的焊接专业，并让这一学科达到世界先进水平。

他说："我这一辈子都在我的工作上，技术上的事全都清楚。"直到现在，90 岁的潘际銮先生依然奋战在科研一线，带着四位 80 多岁的老院士以及一帮年轻的博士生继续攻克焊接工程难题。

是什么支撑着这两位老先生不惧艰难险阻，誓死也要把自己的事业做到极致？非信仰莫属！

其实，信仰对人们的影响，不只表现在工作上，还表现在生活中。

她站在舞台上，苗条的身材，俊俏的容颜，灿烂的笑容，任谁也难以看出她已是 62 岁，且身患癌症 5 年。

她叫樊丽君，她从小爱美，美早已成为深植于她内心的信念。为了保持身材，她 30 年不吃晚饭，而生命也终以匀称而略显瘦削的身形回馈于她。每天，她都会把自己打扮得美美的才会出门，因为她想以最美的姿态告诉别人也告诉自己：要热爱生活。

然而，一纸癌症通知书最终打破了这美的旅程。她被告知罹患乳腺癌，且已至中晚期，癌细胞已经扩散至颈部淋巴。像一声惊雷在头顶开裂，她被震得几欲昏倒在地。一夜无眠，当清晨的第一缕阳光照在窗帘上，她却又笑着告诉自己：美与痛都是生命的馈赠，接受它！

手术前，她给自己买了一条艳丽的红裙子，因为她要再美一次。她想把那份如火一般对生命的热爱继续带在身边，哪怕也许闭上眼睛就不会再醒来。手术室前，她笑着对家人挥手："等着我啊！我一会儿就回来！"可当那扇门"咣当"合上的一刹那，她却忍不住潸然泪下。

手术很成功，可化验结果却并不乐观，她的病已经无药可治。求生的本能让她接受了化疗。几天之后，她珍爱的秀发"哗啦啦"地掉下来，手术前和手术时都一直坚强开朗的她，面对镜子里几近光头的自己哭得歇斯底里。哭过之后，一切还要继续。她冷静地让儿子陪她找了家理发店理成了光头，因为她决定了，要买个假发，从头开始继续美。

手已经被针扎得面目全非，于是，每次出门时，她特意戴上漂亮的丝质手套。化疗的后续反应让她的身体极度虚弱，有时会头晕目眩站不稳，于是，在别人来看她时，她会先从病床上下来，扶着墙走一圈，让身体适应地面的感觉。只要能爬得起床，她就会给自己化个唯美的妆容，她不想看到自己邋遢的样子，美是她活下去的勇气。

有些人觉得奇怪，都得了癌症，还要这么穷讲究，简直不可理喻。但她说："我还没有爱够这个世界，不想匆匆把自己抛弃。爱美是我同病魔抗争的武器，即使走到生命尽头，我也不想放弃。"病魔果真给她让步了，她度过了癌症病人最危险的复发期，五年了，却仍然美得如一朵傲然开放的野百合。经过了痛苦的洗礼，花瓣上那几枚晶莹的雨滴更为她的人生增添了几分妩媚。

哲学家萨特说："世界上有两样东西是亘古不变的，一是高悬在我们头顶上的日月星辰，一是深藏在每个人心底的高贵信仰。"信仰是一种神秘的力量，它能让我们经受住苦难的磨炼而如钻石般耀眼，能让我们穿越岁月的风霜依然笑得灿烂。

其实你还可以更优秀

有这样一个故事：古希腊著名哲学家苏格拉底，在开学的第一天对学生们说："今天只学一件最简单也是最容易做的事，每人把胳膊尽量往前甩，然后再尽量往后甩。"苏格拉底说完后自己先示范了一遍，要求大家从今天开始，每天做 300 下。然后他问学生们："大家能做到吗？"学生们都笑了，心想，这么简单的事情谁做不到？

过了一个月，苏格拉底再问学生："每天甩手 300 下，这么简单容易的事，哪些同学坚持了？"这时每一个同学都自豪地举起了手。又过了一个月，苏格拉底又问哪些同学坚持了，但是这一次坚持下来的学生只剩下八成。一年之后，苏格拉底再一次问大家："请同学们告诉我，最简单的甩手运动，还有哪几位同学在坚持？"这时整个教室里，只有一个人举起了手。这个学生就是后来同样成为古希腊著名哲学家的柏拉图。

在 2016 年里约热内卢奥运会女排半决赛中，中国女排战胜荷兰队，时隔 12 年再次杀进决赛，国人皆为之欢呼。

然而，就在半决赛的前一天，她们还处在几乎被淘汰的边缘。几乎所有人都认为中国在对阵实力强劲的东道主巴西队时，肯定会前途黯淡，铩羽而归。

巴西的球迷更是信心满满，希望可以看到巴西队把中国队打得落花流水。

可令所有人惊讶的是，女排姑娘们却突然爆发出了“洪荒之力”，一举拿下了这场比赛的胜利，成功进入四强。借助这股力量，小组赛中曾经打败她们的荷兰队竟也被中国姑娘斩于马下。

中国人民沸腾了。郎平带队的女排姑娘们果真是神力相助啊！然而，主教练郎平的一席话却把我们带回了现实：“今天的比赛非常焦灼，我们做好了非常困难的准备，也先想到了落后的局面，包括可能打 5 局。我们希望她们没结束的时候不要放弃，顶住每一分，结果是自然而然的。”

人们常说：置之死地而后生。然而，我们要知道，能够在置之死地之后还能满血复活的人，并不是靠什么“洪荒之力”，而是因为他们直到最后依然在拼。

绝望之巅的咬牙坚持，总是带给我们无尽的畅快。

其实，何止这些站在奥运巅峰的体育健儿，回首过往，我们人生路上的哪一次成功不是与咬牙坚持紧密相连？

就拿我来说吧，中专毕业后，我便进入一所中学任教，负责两个班英语教学的同时，还担任着一个班的班主任。每天的工作都会累到下班后就想沉沉睡去，可曾经的大学梦却依然在脑海盘旋，挥之不去，于是，我决定拿下本科。

三年奋战，通过自考顺利拿到本科毕业证后，我又开始着手准备考研。当时我正带着一群初中毕业班的孩子，繁重的教学任务结束后，还有各种各样的心理问题需要疏导。

早起晚睡，中午边吃饭边看书，是我那段时间的真实写照。但累并快乐着，学生们看我这么努力，似乎也受到了感染，学习劲头空前，中考成绩不负众望，遥遥领先。

然而，两全其美真的很难。我的考研成绩以一分之差，又回到了起点。

怎么办？继续考还是不考？

犹豫许久，还是决定继续考，没想到，这时却发现自己怀孕了。顶着孕期的各种反应，我继续着梦想的旅程。几番努力之后，我真的成功进入了面试。而那时，离预产期仅仅还有一个月。

我挺着大肚子去参加面试，当时发生的许多趣事至今都难以忘记。由于我身材比较高大，加上穿着肥大的衣服，以至于很多人竟没看出我已经怀孕八个多月了。面试前体检时，我“咣”地站上体重计的片刻，体检的医生一下惊呆了。看着她瞪大的眼睛，我只能尴尬地笑笑说：“我怀孕了！”回到宿舍，我忍不住自嘲：还好，没有爆表！

然而，趣事再多，仍然挡不住最后失败的结果。我的面试成绩并不理想。

虽然当时有些悲愤，但后来想想，没通过才是正常的。因为任何一个正常人都会对我的情况表示担忧：本身底子薄弱，还要带个嗷嗷待哺的孩子，能不能读下去都是个未知数。

孩子终于出生，我的生活更加忙碌。考研的梦想变得逐渐模糊，但每当大脑稍有空闲，一种说不出的感觉总会让我很压抑。

先生看出了我的心思，鼓励我再给自己一次机会。“好吧，就再咬牙坚持一年又何妨？”我默默地给自己鼓劲。于是，与月亮和星星为伴的日子又开始了。这次，我没有辜负梦想，许多个日日夜夜之后，我以高分通过了笔试和面试，进入山东大学，成为一名文学院的研究生。

考了那么多次，其实每一次都曾想过放弃，可最后的理智却一直在提醒我要咬牙坚持。虽然那段日子真的很苦很累，但回想起来，却都是甜蜜，因为它成就了我的梦想，为我打开了另一扇更为精彩的门。

于是，我明白了：虽然你没有洪荒之力，甚至已经被生活痛扁多次，但只要再咬牙坚持那么一次，黎明的曙光便会来临，因为你真的比想象中优秀。

与我类似，小娟的经历也证明了这确实是一个真理。一个晴朗的午后，我接到了小娟的电话。她惊喜地告诉我，她考上了上海某高校的博士，并且准备结婚。

说实话，除了祝贺，所有的语言都难以表达我当时的心情。

小娟与我在考研的过程中相识，最后又相聚在山大的校园。从我认识她开始，便知道她一直在外面做兼职。

记得一个炎热的中午，我和同学去逛街，坐在甜品店里休息时，却看到小娟正拿着传单在街头分发。烈日当头，她的衣服已经渐渐湿透，汗水顺着脸颊直往下流。我赶紧买了一个冰淇淋送给她，然后劝她把那些传单随便发发就行，别那么认真。她答应着，却并未按我说的去做。

同学说："她就是这么认真。不过，也正是因为她这样，找她做兼职的人特别多。"

看着她瘦弱的身影仍旧在炙热的柏油路上不停地来回穿梭，一种佩服感油然而生。

一次，小娟约我一起去做兼职。回来的路上，我腰酸背痛，浑身不舒服，可她却依然像打了鸡血，丝毫看不出累的迹象。我嬉笑着向她请教有何秘方。

她忍不住哈哈大笑起来："我哪有什么秘方，不过就是习惯了而已！"

"那你一直都是自己养活自己吗？"

"嗯！"她点点头，"从上大学开始，我就一直在做兼职。家里条件不好，我没法开口向家里伸手要钱。"

"这么多年坚持下来真不容易！"

"有时确实挺难的，但一道道坎我都咬牙坚持迈过去了。我自己都觉得我很伟大哦！"她调皮地吐着舌头。"现在，买电脑的钱已经够了。再攒点儿钱，我就得好好准备考博了。"

如今，她的梦想正在一步步实现，除了替她高兴，我还能说些什么呢？

不知你有没有发现：即便你天生就是弱者，但只要不放弃最后一点儿希望，永远朝着有光的方向前进，就会变得越来越优秀，取得远超想象的成绩。

孟子曰：“天将降大任于斯人也，必先苦其心志，劳其筋骨，饿其体肤，空乏其身，行拂乱其所为，所以动心忍性，曾益其所不能。”

其实，我们都比自己想象的要优秀，只不过需要付出努力才能得到证明。

总有一次流泪，让我们瞬间长大

姑且叫他小 H 吧，因为他喜欢换工作。自从大学毕业后，他已经做过酒厂业务员、商店推销员、制药厂办公室文员、小饭店老板……角色众多，竟不一而足。

每当觉得某项工作让自己感到不爽时，他就会拍屁股走人，才不管工作怎么交接，工资有没有发。之所以如此任性，是因为他有任性的资本。母亲是一家单位的财务主管，父亲经商多年，摸爬滚打中也已是颇有积蓄。他是家中唯一的儿子，从小就没有受过任何委屈。但凡父母能够做到的，从来都是言出必行。生长在优越的环境中，小 H 从来就没愁过钱的事。所以，毕业后，工作对他来说，就像游戏一般，想做就做，不想做，甩手就走。反正没有钱了，自然有人会按时打到他账户上。

然而，就像有人说的那样：大多数平凡人的幸福是均等的，你提前享受了过多的美好，就必须要接受随之而来的苦难。

就在他又准备从一家公司的销售部门辞职的时候，母亲打来电话，泣不成声："你爸，你爸他查出了胃癌，已经扩散了。你还是回来一趟吧！"

小 H 顿时一惊，眼前一黑，顺势扶着门框才总算没有摔倒。毕业这两年，他一直游荡在北京，如吸血的幽灵一般，消耗着父母的能量。可除了过年，竟很少记起要回山东老家看看已逐渐苍老的父母。

他手忙脚乱地收拾好东西，急匆匆奔赴老家，去看望曾经以为永远健壮的父亲。一走进家门，他就惊呆了，父亲的头发已经花白，蜡黄的脸上看不见一丝血色，但看见他回来，父亲的脸上还是挤出一丝笑容。还没等他开口，就自顾自地说："我没事，你回来看看，我就知足了，有事回去忙就行。"

他的心一点点沉了下去，泪突然涌了出来，他急忙转身走进了自己的房间，关上门便蹲在墙角呜咽起来。他忙吗？是啊，是很忙，一直忙着追寻自己心目中理想的生活。心就像天空随意飘浮的云，找不到回家的路，更不知家在哪儿。

当突然的变故降临，小 H 才发现，自己竟然没有一技之长，更没有足以承担突发状况的能力。家里的顶梁柱轰然倒塌，自己到底应该怎么办？

看着母亲强忍着悲痛忙里忙外的身影，看着父亲被病魔侵扰而日益憔悴的面容，小 H 心中一阵凄凉。

一夜无眠。第二天清早，小 H 陪着父母办理完住院手续，忧心忡忡地去外面买了点儿早饭。走到病房门口，只听父母正在窃窃私语。父亲叹着气说："都是我拖累了你们，也不知小 H 最近在北京怎么样了，我这一病，估计也帮不上他什么忙了。他那样漂着，我是真不放心哪！""别想那么多了，这两年，你整天考虑这些事，心情也不好，不然也许不会病得这么重。”说着说着，母亲的声音哽咽起来。

小 H 倚在病房外的墙上，仰起头，硬是把马上要流出来的泪收了回去。父母转头看到小 H 推门而入，匆忙打住了刚才的话题，帮小 H 把饭菜摆好，默默地吃起了早饭。小 H 拿着馒头大口大口地往嘴里塞，直到再也塞不进去了。

小 H 又辞职了，但他这次是认认真真写了一份情真意切的辞呈之后才正式辞职的。他把父亲的生意接了过去，每天起早贪黑地打理着父亲的店铺。父亲所说过的话他都会仔细地记录下来，然后一点儿一点儿地去熟悉，去完成。只要忙完店里的事，小 H 就会匆匆忙忙地赶到医院照顾生病的父亲。更可喜的是，小 H 开始拿起久违的书，有时自己看，有时也给父亲读，并且还会时常做笔记、写心得。

每次母亲心疼地问他累不累，他总是笑着摇摇头：“妈，您不知道，现在才是我觉得最安定的时候！只要把心安顿下来，无论在哪里生活，都会感觉像在天堂。”

一个晴朗的午后，看着父亲打完点滴的小 H 赶紧拿出书继续读起来。阳光照在小 H 年轻而英俊的脸上，心沉静得如无风的湖面，浑身透出一种梦幻般的安宁。父亲专注地盯着小 H，苍白的脸上露出了欣慰的笑容。

两年后，小 H 握着父亲的手，看着父亲带着微笑离开了这个世界。父亲什么都没有说，只是用力地抬起手摸了摸小 H 的头，然后放心地闭上了眼睛，安详地走向了另一个世界。

有时，突然而至的灾难也许并不是一件绝对的坏事，曾经的轻浮、放荡，曾经的生命中不能承受之轻，均在这份重压之下突然回归到正常的人生轨道之中。它会让你重新思考如何面对枝蔓横生、需要时常打理的生活；它也会让你在亲人的眼泪中找到自己的人生坐标。

总有一次流泪，让我们突然注意到很多以前没有过的感受，而那正是对我们来说很重要却被我们忽略的东西。泪水虽然苦涩，但只要经过阳光的照射，便会呈现出珍珠般的光芒，分外耀眼。

有立场才会有方向

朋友小兵总是逢喝必醉，这让他家的老爷子十分生气。又一次酒醉之后的第二天中午，小兵皱着眉头回家吃饭。胃里翻腾得厉害，看来昨天晚上的酒劲过大，直到现在还一直源源不断地释放负能量。

早已坐在餐桌前的老爷子乜斜着看了他一眼，冲他指了指对面的椅子，示意他坐下。小兵向来是一个孝顺的人，顺从地依旨坐在了那里。

“你昨天晚上出去吃饭的时候不是说不喝酒吗？”老爷子语速缓慢，但显然有备而来。

“朋友们都劝我，我怎么好意思败兴？”小兵不满意地扭了扭头，似乎老爷子不过是在明知故问。

“你的意思是别人让你干什么你就会干什么喽？那你的立场是什么？”老爷子突然话锋一转，连续两个问题打了他个措手不及。

“我的立场？”小兵瞪着眼直勾勾地看着老爷子，看来并没明白老爷子葫芦里卖的什么药。

“是啊，你去参加活动，总得知道人家组织这次活动的目的是什么吧。比如说，你是主是客？你是主要客人，还是只是陪客？你去参加活动是出于什么原因，想表达一个什么意思？并且你也得问问你的身体支持你喝酒吗……这些不都是你的立场吗？”

“这个……我还真没想过！”小兵张口结舌，真的被问住了。

但从此之后，小兵突然明白了：原来喝酒也需要知道自己的立场，否则每次只会灌一肚子酒，关键那都是些没有任何意义的酒，伤身又伤脑（除非你确实乐在其中）。

说到立场，也许我们首先想到政治立场，它提得最多，用得最广，也最为敏感。但仔细想想，我们从出生到离开的每一次出场，不都需要有一个属于自己的立场吗？

哪怕只是一场十分随便的谈话，也会涉及我们是将自己放在听众的立场，还是放在敌对者的立场，抑或是放在安慰者的立场。而这都将关系到这次谈话的最终走向。

就拿谈恋爱来说，能否走进婚姻并牵手到老，就与双方的立场密切相关。比如，双方都打算将这段感情修成正果，那就需要一定的忍耐与宽容。如果谁都不想为了对方委屈自己一分一毫，以后的路便注定无法相伴而行了。这一点，在我观看《欢乐中国人》的一期节目时，体会尤为深刻。

一对结婚 64 年的老夫妻，与孩子们一起登台表演了他们的爱情故事。老太太为老先生做了一辈子的衣服，其中的良苦用心让现场的评委和观众感动得热泪盈眶。而我在看到老太太对于感情立场的坚定和执着之外，更看到了老先生相同立场的支持。在他们心里，“你穿我就做，你做我就穿”不是一个无头无尾的悖论，而是两个人共同维系这段感情的深情厚谊。

而如果感情中的某一方没有如此明确的立场，即便再浓烈的爱也会在生活的琐碎中一点点剥落，只剩丝丝缕缕的感情碎屑用来回忆。

恋爱和婚姻是两个人的事，而他们对于这段感情立场的叠加便像航标，指引着爱的大船或驶向对岸，或半途沉没，或笔直前行，或曲曲折折。

在工作上又何尝不是如此。我们在工作上的立场是什么，就决定了我们能把工作做到哪一个层次。

如果我们把工作看成一生的事业，一心一意地要把它经营好，那么工作起来虽苦亦甜。而任正非、董明珠、马云等成功的企业家告诉我们，很多难以克服的困难在“工作即事业”这样的立场上根本就不是事儿。

如果我们只是把工作当成聊以糊口的一份营生，那我们通常会随波逐流地把工作像电脑程序那样完成。也许无差错，但终究它也将只是一份工作而已。

如果我们只是把工作当成混日子的工具或是不得已而为之，那我们和工作便如水中望月、雾里看花，若即若离。我们不亲近它，它也对我们敬而远之。也许有一天我们最终会失去它，但既然当初就摆明了不想和它处好关系，分崩离析也纯属正常现象。

说完了感情和工作，我还想说说学习，因为对于我这么“喜欢学习（虽然是装的）”的人来说，对学习最有发言权。

最近，我禁不住微信广告中话语的煽动性，突然萌生了想学点儿新知识的想法，盲目地报了几个学习班。且不论有没有学到硬功夫，重要的是，学完之后，我发现了一个有意思的现象：进入学习班的立场往往决定着最后的学习效果。

学习班图便宜报名的，经常会坚持不到最后。因为报名之初，心里就有一个不算立场的立场：反正也没多少钱，肯定也没什么技术含量，随便学学就好了。于是，翘课变成常态，课程结束时，才忍不住感叹浪费了报名费，什么也没学到。而学费高的学习班就不一样了，交了那么多钱，想想就肉疼，尽管学得也很枯燥乏味，但想到白花花的银子要付之东流，就不得不坚持下去。

学到最后，我们一般会将学习效果的好与坏归结为师资力量和平台的差异。不能否认，这方面的因素也许确实存在，但后来我才发现，报了便宜班的同学照样有人学到东西了。关键不在班的好坏，在于学习的态度：既然报名参加了，还有理由不学好吗？

古罗马哲学家西尼加说："差不多任何一种处境，无论是好是坏，都受到我们对待处境的立场的影响。"

想想还真是，立场就像左右我们做出选择的那只手，握紧了思想的方向盘，指挥着我们歪歪扭扭地往前走。

那么，面对每天的生活，你的立场是什么，你真的认真想过吗？

不被看好的人生也可以成功

前些日子，喜欢体育的人们想必都曾注意到一条新闻：34 岁的“闪电侠”韦德，离开了效力 13 个赛季的热火队，加盟故乡的芝加哥公牛队。

人们议论纷纷，大多并不看好这位超级巨星能够在下一赛季掀起什么波澜。然而，韦德却并不为所动，他在接受采访时，更是坦然地对记者说：“我一直都是不被看好的那一个，但没关系，因为我能接受。即使我当年选秀是第五顺位，但我仍然不被看好。不过，你看，我做得并不差，不被看好只会成为不断激励我的动力。”

德怀恩·韦德，在芝加哥的贫民区中出生并长大。高中时，韦德就读于奥克朗哈罗德 L. 理查兹中学，看到篮球场上队员们的矫健身姿，韦德羡慕不已。经过软磨硬泡，韦德终于成为学校的篮球队成员，上场时间却少得可怜。而那时，他的弟弟麦克丹尼尔却已经成为球队的明星。

为了得到更多的上场机会，韦德开始把越来越多的时间用于篮球。他每天都会练习跳投数百次，各种力量训练更是从未间歇，直到练得筋疲力尽才肯休息。

时间一天天过去，韦德的控球能力和投篮能力都有了很大的提升。可即便如此，他的家人及老师却依然没有看好他。因为他的身高仅有193厘米，不占任何先天性优势。父亲甚至希望他不要再痴迷于篮球，另寻他路，做点儿有用的事情。

可韦德并未气馁，进入大学的他开始更加刻苦的训练。慢慢地，他的上场机会越来越多。

2003年，NBA选秀大会，他被排在第13位。可精明的热火队总经理帕特·莱利却在一场比赛中，恰巧看到了场上表现极有潜力的韦德。帕特·莱利决定咨询一下韦德的训练师蒂姆·格洛佛，格洛佛想到以前乔丹跟他训练时的事情，建议帕特·莱利选择韦德。于是，韦德被提到了第5顺位，但他依然未被看好。

2008年，一场激烈的比赛却亮瞎了没有看好韦德的人们的双眼。

北京奥运会上，全部8场比赛中，韦德都是替补出场。然而，他却以场均16分的傲人成绩，成为球队得分王。

尤其是在决赛对阵西班牙男篮的比赛中，美国队开局失利，比分远远落后于对手西班牙队。更为重要的是，队里的主力科比和詹姆斯因为陷入犯规麻烦，不能再发挥作用。

然而，韦德替补出场后，情况开始出现逆转。在比分落后的情况下，韦德顶住压力，连突带投连得8分，士气大振，此后更是连连得分，西班牙队再也没能超过美国队。据有关资料记载，在这场比赛中，韦德12投9中，砍下全场最高的27分，成为夺冠的最大功臣。

在赛后的采访中，教练和队友们都对这场比赛中韦德的表现赞不绝口：韦德的心理素质很好，越到关键时刻发挥越好，韦德的潜力不能低估。

直到此时，酷爱篮球的韦德才逐渐被人们所认可。

这么多年，并未被看好的韦德一直憋着一口气。但他既没有抱怨，更没有自暴自弃，只是每天坚持不懈地朝着自己的目标努力，从未停歇。

这样的事情在我们的生活中其实也很多。和菲菲同时进入公司的一共有五个人，而她是其中最不起眼的那个。菲菲个子不高，又比较瘦，所以总给人一种弱不禁风的感觉。大家都很担心她这样的女孩子干起工作来会有很多不便，所以在双向选择部门的时候，很多部门领导都没有看上她，只有一个别人都不愿意去的数据统计部门接收了她。

可菲菲并没有沉浸在委屈当中，不久之后，她就以自己的业绩告诉那些没有选择自己的领导，他们当初的眼光是有问题的。

菲菲为了尽快掌握新岗位的工作，每天都会认真做笔记，把需要核对的数据逐一对照，并运用自己所学的计算机知识设计出更加科学简便的运算模式，为以后的工作省去了很多麻烦。后来的实践证明，菲菲的这一工作方法非常有效，公司领导不仅在全体职工大会上对她进行了通报表扬，还要求在全公司进行推广运用。

当时没有选择她的领导现在忍不住后悔当时以貌取人的失误，而菲菲也以自己的行动向领导和同事们展现出自己不一般的能力。

不被看好的人因为少了别人的支持，有时会走得磕磕绊绊，但正因为有了这些坎坷，我们才会走得更小心、更努力。也许我们会因此比别人走得慢了很多，但因为走得踏实，每一步路都不曾留下遗憾。

更重要的是，严苛的环境会赋予我们另外一种超能力：过硬的心理素质。这让我们在艰难的时刻能稳住阵脚，从而爆发出更大的能量。

你看，不被看好有什么关系？命运给你这样的考验不过是想让你默默地积攒能量，等到合适的时机，小宇宙爆发，世人便会惊讶于你的蜕变。

不被看好可能会给我们带来暂时的挫折，但从不会阻碍长远的发展，相反，它只会让我们更坚忍、更顽强，越是困难，越是熠熠闪光。

别成为爱抱怨的空想家

有人说：抱怨就像一个烂苹果，不仅自己腐烂，还会以很快的速度将腐烂的气息传递给身边的每一个人。

不知你是否曾经历过：正逢假期，一家人决定全体出动，高高兴兴地出门游玩。没想到，走出家门没多远，就被堵在了路上。“真倒霉！”我们忍不住暗自嘀咕。一个小时过去了，情况并没有好转，而我们的坏情绪也累积到了顶点，心情糟糕到简直要“爆棚”，各种不满和牢骚在不经意间就喷薄而出。

但是，这些抱怨有用吗？抱怨就会改变原本的状况吗？

曾经从《环球时报》上看到这样一则古老的寓言，或许可以给我们一些启示：

有一个年轻的农夫，划着小船，给另一个村子的居民运送自家的农产品。那天的天气酷热难耐，农夫汗流浃背，苦不堪言。他心急火燎地划着小船，希望赶紧完成运送任务，以便在天黑之前能返回家中。突然，农夫发现，前面另外一只小船沿河而下，迎面向自己快速驶来，眼见着两只船就要撞上了，但那只船丝毫没有避让的意思，似乎是有意要撞翻农夫的小船。

“让开，快点儿让开！你这个白痴！”农夫大声地向对面的船吼叫道。“再不让开你就要撞上我了！”但农夫的吼叫完全没用，尽管农夫手忙脚乱地企图让开水道，但为时已晚，那只船还是重重地撞上了他。农夫被激怒了，他厉声斥责道：“你会不会驾船，这么宽的河面，你竟然撞到了我的船上？！”当农夫怒目审视对方小船时，他吃惊地发现，小船上空无一人。任他大呼小叫，厉言斥骂的只是一只挣脱了绳索顺河漂流的空船。

其实，在大多数情况下，当我们责难、怒吼的时候，我们的听众或许也只是“一艘空船”。因为事实是，遇到困难时，我们所需要做的不是抱怨和烦闷，而是找到解决问题的办法，然后一步步地朝着预定的目标努力。

《理财周刊》“怡筠财情”专栏曾经发布过一个调查：在一个有5000多人参与的调查中，关于“为何要抱怨”，74.7%的人表示为了发泄内心的苦闷，36.2%的人则希望倾听自己抱怨的人，能够帮助自己解决问题，23.9%的人表示自己已经习惯了抱怨，还有21.1%的人抱怨的目的是给自己找个逃避的借口。

调查中还有一个非常有意思的现象：在所有受访者中，有45.3%的人表示：当有人向自己抱怨时，自己也会想向对方抱怨更多的事情。也就是说，原本想要发泄糟糕的情绪，结果却接收到别人更多的消极感受；希望对方能够帮忙解决问题，最后却增添了更多困扰，真是得不偿失。

其实，仔细看看周围，我们就会发现，自己所拥有的已经很好了。有位刚参加工作的小姑娘妍妍，因为工作不熟练，又不好好学习，经常受到办公室领导的批评。妍妍感觉十分厌倦，虽然在单位的时候敢怒而不敢言，但只要碰到熟悉的人，她便开始抱怨个不停。什么领导不通人情了，什么同事都故意刁难自己了，总之，全是别人的问题，却从未寻找自己存在的问题。

这样抱怨的结果很简单，就是因为一直看不到自己身上的问题，所以，永远不会想到要改变自己，也因此，很难找到进步的空间，只能眼看着别人走得越来越远，而自己，却只能原地踏步甚至后退。

两年后的一天，妍妍因工作安排被同事拉着进入一家企业做调研，车间里的噪声震耳欲聋，到处是灰尘，这让刚进入车间的她极不适应，连咳几声就退出了车间。蹲在外面，妍妍突然觉得自己很矫情，在那么好的办公室工作，还整天抱怨个不停，如果是在这样的环境中工作呢？而正是从这一次，她开始意识到自己的心态其实有很大的问题。她一步步地尝试着改变自己，而最终慢慢地摆脱了“爱抱怨”这个恶习的影响，又渐渐阳光起来，工作也干得更加出色了。

由此看来，只是一味地抱怨别人，却不想办法从自己身上寻找问题的根源，就只能做一个爱抱怨的空想家。相反，只要我们停止抱怨，充实自己，不断奋进，努力生活，就有可能拥抱成功，获得快乐。

给现实的生活插一双理想的翅膀

在纷纷扰扰、利来利往的现实世界里，怀有理想主义情结的人常被当作另类，因为他们总是看起来好高骛远、不切实际、想入非非。更让人不能理解的是，他们常被伤得遍体鳞伤，撞得鼻青脸肿，却依然死不悔改，扬着他们高傲的头继续前行。于是，就经常有人教育孩子说：你看，他过得那么惨，全是因为他太理想化了。现实就是这么残酷，别把它想得太美好！

可真的是这样吗？且不说社会的进步大多靠理想主义者去摸索和实践，单就自己的生活来说，能在现实的泥沼里养一株理想之花的人，即便看起来不那么风光，却一定会活得特别精彩。

有这样一位姐姐，她是温婉美丽的文学女青年，却因为遇人不淑，不得不在婚姻的泥潭里苦苦挣扎。丈夫在工作上不思进取，却嗜酒如命，偶尔还会出现家庭暴力。在她苦口婆心的劝说无效后，她不顾家人的反对和丈夫的一再忏悔，毅然决然地带着三岁的女儿选择净身出户。众人皆笑她傻，一个离异的女人带着一个时刻需要人照顾的孩子，且身无分文，必将举步维艰，但她却一笑置之：“只要心里有光，就不怕黑暗。”

然而，生活总是会在你最艰难的时候，再给你一记响亮的耳光，试图考验你的承受力到底有多强。就在她离婚之后不久，她的父亲因为车祸瘫痪在床。因此，不仅母亲无法再帮她照顾孩子，而且她还要抽出时间照顾父亲。关心她的人忍不住为她叹息，怕她再也迈不出生活这摊烂泥；看她笑话的人则不禁暗暗得意：看，怎么样？事到如今，你还不是照样要向现实低头？然而，尽管忙得每一分每一秒都要算计着过，可当她出现在别人面前时，却依然神采奕奕，打扮得体。

一个暖春的周末，和煦的阳光洒满大地。我出门逛街时，恰逢她带着女儿在公园的广场上放风筝。她牵着风筝的线在前面边放边跑，女儿则跟在后面边笑边追，母女二人被风吹起的长发在阳光的照耀下如飞扬的灵魂在奔跑。我不禁停下脚步，专注地看着她们开心的样子，心里竟被她们暖到有种想哭的感觉。

疯玩了一会儿之后，她转头看到了站在一旁傻看的我，于是，把风筝交给女儿，捋了捋额前的头发向我走来。

“今天的天气很不错，能和女儿一起放风筝真的特别开心！”

“看到你今天的状态，我所能想到的只有两个字：佩服！”我由衷地说。

“哈哈，”她再次大笑起来，迷人的笑容在脸上荡漾，让人心醉，“泰戈尔不是说过吗：生活以痛吻我，我却报之以歌！现实本来就很沉重了，为何还要自我折磨，把生活过得更沉重呢？”

“可这并不是想象中那么简单！”我还是忍不住接着说。

“对，但我是一个有些理想化的人。既然选择了，就算跪着也要把路走完。当然，我可不想活得那么悲凉。即便现在的生活再苦再涩，我也要在其中养一株理想的花，能过成多精彩就过成多精彩。”

她这话说得我竟一时语塞，本来是准备好要安慰她的，没想到却反被她打了一针兴奋剂。

也就在那时，我再次确信，她一定会过得更好，会比那些依然纠缠在各种鸡毛蒜皮小事中的人活得都快乐，都靓丽！

果然，半年之后，她的父亲在她和母亲的照料下已经可以拄着拐杖下地行走。她的女儿看到妈妈虽然辛苦，却依然那么乐观、坚强，不仅学习不需督促，还主动承担起一些家务，俨然一副小大人的模样。没有了生活的牵绊，她在工作之余，也终于有了自己的时间，欣然拿起了放弃已久的书和笔，重新开垦出属于自己的一片文学处女地。而此时，一份真爱也悄然降临，送给她一份意外的惊喜。

理想之花给了她活得惊艳的动力，而她也终于用自己的生活点亮了众人的眼睛。

居里夫人说：“如果能追随理想而生活，本着正直自由的精神，勇往直前的毅力，诚实而不自欺的思想而行，则定能臻于至善至美的境地。”而一个人最可贵的生活品格莫过于你虽然遭受了现实生活的重创，但依然要在心里埋下一颗叫作理想的种子。只待暴风骤雨过后，它便安静地探出头来，悄悄地生根发芽，开花结果，送你一缕明媚的春光！

不怕忙碌，只怕盲目

下班回家，打开书包，才发现下午一直念叨准备要带回家的资料最终还是忘了带，赶紧扭头蹬着小自行车“呼哧呼哧”地赶回单位。

再回家刚走到楼下，碰到一熟人，兴冲冲地寒暄了两句，她顺口问起我怎么这么晚了刚从单位回来。这勾起了我的惆怅，我忍不住一声哀叹：“没办法，忙得要死，还总忘事。这脑袋，简直是老年痴呆的前奏。”没想到，她顿时一声惊叫，吓我一跳。原来，她这么晚就是出来买馒头的，可全家人望眼欲穿的馒头如今依然躺在人家的笼屉里，而她竟提着路边买来的一袋子苹果就要上楼。她自嘲地说：“你说你老年痴呆，估计我是把心给丢粪坑里了！”

我们两人在楼下哈哈大笑，仿佛在嘲笑自己，又仿佛在宣泄一种难以言说的愤懑。

记得看过一位男妇科医生的科普文章，他幽默地解释男女如何避孕时，说现在的男女大于 40 岁，基本就不必采取避孕措施了。因为许多人在强大的生活压力和忙碌的生活状态下，早已在不该结束生育的年龄，自行做了“绝育手术”。看似玩笑的话语对于忙碌中的我们来说，却是一种冷冷地讽刺。

“忙”早已成为现代人的一种生活状态，似乎不忙便不能凸显自己的价值。但如果在网上搜一下，你就会发现：忙者，从心，亡声，本义作“心迫”解，乃形容心中急促紧张而言行匆迫之状，故从心。又以亡本做“失”解，心中忙乱则神志难定，以至于如有所失而缺乏主张。所以，有人据此，将忙定义为：忙者，心亡也。

由此看来，忙是一种心不在焉的状态，忙到头昏脑涨，忙到丢三落四，忙到死去活来。

曾经看到一篇文章写王健林、李嘉诚、李彦宏等大佬们一天的行程安排得如何紧凑，于是，有很多人想当然地觉得那么成功的人都如此忙碌，我们还有什么理由懈怠。

可实际上，不管他们一天的行程怎么紧张，都与我们所谓的“忙”没有太大的关系。因为他们知道自己要干什么，在干什么，干完了什么，而我们大多数忙得要死的人呢？似乎每一刻都有无数要做的事情，可似乎没有哪一件干得干净利落。工作的时候考虑着家里的大事小情，回家的时候却又惦记着工作上还有多少事情没有做完。当这种恶性循环的状态成为生活中的寻常事，“忙到要死”也就成为早晚的事情。

然而，有些人却绝非如此，他们对生活的安排可以用三个字概括：拎得清。

有一位同事，不论哪一刻，在单位见到他时，他总会给你一种如沐春风的感觉。很少见他加班，因为他总能把手头的工作处理得井井有条。他从不抱怨，而别人的抱怨也会在他这里得到消解。我甚是佩服，忍不住向他讨教何以如此洒脱，是否有秘诀可以传授。

他哈哈大笑，说："哪有秘诀，不过是差点儿死过去，不敢再任性而已。有一段时间，我也是忙得要死，回到家里，脑子还像上紧了弦的陀螺停不下来。即使躺在床上，脑子里却总是在考虑着还有哪些事没有干完，越想越睡不着。上班后，一点儿精神也没有，思绪乱糟糟的，一会儿摸这个，一会儿拿那个，结果一天下来，又有很多活没有干完。下班回家，心情烦躁，老婆孩子一句不经意的话就会让我突然爆发。不好听的话说出口又会后悔，可下次还会这样，弄得他们都认为我得了抑郁症。"

"这不就是我现在的状态吗？"我不禁惊呼。

"不，你应该还差点儿。"他一本正经地如医生开诊断证明一般，说得我忍俊不禁。"有一天早晨，我去卫生间的时候，突然一个跟头栽了下去。那时，老婆去送孩子上学了，我自己在家。也不知过了多长时间，我才慢慢自己醒过来。坐在地上，我掐掐自己的腿，嗯，好像还活着。竟忍不住感叹一声：活着真好！"他边说边表演，幽默的样子很搞笑，但谁又能知道这笑里藏着多少无奈的领悟。

"从那之后，我决定改变，把工作时间和休闲时间彻底分开。工作的时候就一条条地列出来，按照轻重缓急一件件地去处理。实在干不完，就加会儿班。但只要回到家里，我就把所有工作上的事情统统抛在脑后。当然，开始的时候并不一定能做到。做不到，我就出去跑步，反正在家也是烦，跑得累了，就什么都不想了。这样坚持了一段时间，慢慢地，状态就调整过来了。"

不得不说，他是一个聪明人，懂得在出现状况时及时反思。当然，他也是一个幸运的人，那样一次事件终究没有酿成一次事故，让他可以重新来过。可他的故事却一下警醒了我，“忙得要死”其实是一种工作和生活均不能“拎得清”的病。没有条理、没有计划，拿不起、放不下，就是“忙得要死”的前提。

一页一页翻过的日历告诉我们，今天又将成为历史。别再把自己捆绑在“忙”这辆列车上，活成连自己都厌恶的样子，即使有再多的事情要做，也总要给大脑留出一点思考的空间。

朋友，切记：再忙碌，也不要盲目。此时的你，需要给自己制定一个长远规划，更需要把心放平，踏踏实实走好脚下的每一步路。

第三章

接受不完美，让心灵回归自由

内心有阳光才能处处感受温暖

有人说，每个人的一生，都是一条蜿蜒曲折的不平路。有上坡，也有下坡；能看到路边的美景，也会经过肮脏的臭水坑。“痛并快乐着”便是人生真实的写照。然而，虽然没有人能不经历任何艰难地度过一生，但遇到困难时的心态却让人们之间的生活状态产生了巨大的差距。内心凄苦的人生活得凄凄惨惨戚戚，内心阳光的人却生活得自在快乐安然。

电影《肖申克的救赎》是一部多年以来长盛不衰的励志影片。银行家安迪被无端指控枪杀了妻子及其情人而被判无期徒刑。不得不在监狱中艰难度过余生的安迪却并没有一蹶不振，他设法开办监狱图书馆，还利用自己的知识帮大家打点自己的财务。安迪的才能被监狱长发现，逼迫他为其做假账洗钱。后来，杀害安迪妻子及其情人的真凶被找到，但监狱长为了自己的安全，想尽手段不让安迪出狱。因此，安迪想办法把监狱长的行为做了记录，并通过狱友瑞德的帮忙偷偷开凿了一条能通往外面的隧道。最后，安迪真的成功了，他逃出了监狱，也把监狱长的罪恶昭告了天下。

《肖申克的救赎》中有这样一句话流传甚广：“怯懦囚禁人的灵魂，

希望令你感受自由。强者自救，圣者度人。”

现实生活中，肖申克每天不停凿挖的那条隧道，就像是每个灵魂获得自由之前必须设法逾越的禁锢，只有信念坚定的人才能最终穿越，到达属于自己的天堂。

2016 年末，《摆渡人》成为一个时尚热词。我买了一本看。书确实不错，尤其是 15 岁的女孩迪伦的故事更是让人唏嘘不已。

15 岁的女孩迪伦在母亲尖厉的大嗓门中开始了糟糕的一天：因为闹钟没响差点儿迟到；因为雨水淋湿了衣服，让早晨匆忙间套在身上的深蓝色内衣透过薄薄的校服一览无余；因为同学的故意刁难让自己的难堪终于贻笑大方。但幸好她的心中还有一件值得惦念的事，她要去找从小就未谋面的爸爸了，而爸爸似乎很乐意迪伦去找他。

倔强的迪伦渴望改变，渴望在灰霾的天空中找到一片属于自己的温暖之地。所以，尽管她知道也许会面对母亲更多的唠叨，也许所见到的父亲并非如想象中那么温柔可亲，但她再也不想考虑太多了，只想放手一搏，给自己一次改变目前处境的机会。

然而，就在她兴高采烈地坐在火车上时，突然遭遇了意外事故。黑暗中，她一直认为自己是唯一幸存的人，所以当她遇到在摆渡她的灵魂去往另一个世界的崔斯坦时，还不断地张望着火车所在的方向，希望可以等到来救他们的人。

当迪伦跟着崔斯坦走到第二个安全屋时，崔斯坦终于告诉迪伦事情的真相：“你不是事故中的唯一幸存者，你是唯一一个没有逃出来的人。”迪伦这才突然明白过来，她已经死了。然而，走在荒原这样的地方，人们才会发现已经死去的真相，大多数人难以接受，但终究无可奈何。与众不同的是，迪伦没有愤怒，更没有歇斯底里，她平静地接受了她已经死去的事实，感受着有人陪伴的温暖。

行走在漫无边际的荒原上，迪伦走得磕磕绊绊，这让从小就不喜欢走路的她不断地诅咒着眼前的困境。然而，崔斯坦的一番话让她顿悟：每个人的身体不过是自己心象的投射，而荒原也一样，荒原上的风雨阴晴皆是内心中悲喜苦乐的映象，正如我们平常所说的：心态决定一切！

明白了这个道理的迪伦开始慢慢学着控制自己的心情，并且逐渐感受到来自崔斯坦的关怀和温暖。她竟意外地喜欢上了这十分短暂并且终将分离的旅程，恰如我们对于幸福的感受：来之不易，瞬间即逝，念念不忘。

终于安全抵达终点，回归灵魂之家的迪伦却并未像其他的灵魂一般享受悠然自得的生活，她迷恋上了与崔斯坦心灵相通、互相爱恋的感觉，她不想徒然失去这比生命都珍贵的爱情。于是，她再次成为别人眼中的另类，冒着魂飞魄散的危险，求索着重新返回荒原的路径。果然，苦心人，天不负，她再次回到充满甜蜜回忆，但也危险四伏的荒原。穷凶极恶的魔鬼恼羞成怒，疯狂地进攻她，可瘦弱的她却似乎具有了无穷的力量，哪怕奄奄一息，也不放弃最后的抗争。终于，她见到了梦寐以求的人——崔斯坦。

第一次穿越荒原由崔斯坦主导，第二次往回穿越却变成由迪伦引领，希望与心爱的人一起生活的信念鼓舞着迪伦一直坚持自己的选择。尽管困难重重，几次都险些功亏一篑，但对于新生活的向往从未让迪伦退缩半步。她似乎反而变成了崔斯坦的摆渡人，不断激励着头脑已经被固化的崔斯坦一定不能放弃。

其实，摆渡人崔斯坦也在不经意间发现了自己身体的变化，在与迪伦的身心接触中，他被迪伦的真诚和善良所感染，曾经被人类的贪婪和丑恶所麻痹的心灵逐渐解冻。因此，已经被植入固定程序的崔斯坦虽明知前路漫漫，生死未卜，却依然决定跟着迪伦走一遭。

被爱鼓舞的他们最终战胜了未知的恐惧，一起牵手回到了人间。

仔细回想《肖申克的救赎》和《摆渡人》的场景，我们也许就能回答这样一个问题："如果命运是一条孤独的河流，谁会是你灵魂的摆渡人？"

不是别人，而是自己！因为内心有阳光才能处处感受温暖。

网络上曾经流传着这样两个有关阳光心态的故事。一则是关于英国报纸刊登了一张英皇室查尔斯王子与一位街头游民的合影照片。这是一段戏剧性的相逢！原来查尔斯王子在寒冷的冬天拜访伦敦穷人区时，意外遇见了以前的校友克鲁伯。这位校友说："殿下，我们曾经就读同一所学校。"可是，王子的这位同学怎么会沦落街头呢？

据说，命运曾经送给克鲁伯两把金钥匙——家世与学历，但他在两度婚姻失败后开始酗酒，最后由一个作家变成了街头游民。我们不禁要问，打败克鲁伯的是两度婚姻的失败吗？还是他的消极心态？其实，从他放弃"正面"的阳光心态那一刻起，他就输掉了一生。克鲁伯正是应了那句：内心愁苦，命运也愁苦，心态决定命运。

另一则是关于两位年轻人对于同一个地方完全不同的心理感受的故事。一位年轻人想搬到另外一个地方去住，于是咨询正在路口晒太阳的老人："老头，这里的人们怎么样？我想搬到这里来住。"老人连头也没有抬，只是问他："你原来住的地方的人们怎么样？"年轻人说："他们糟糕极了，所以我才想搬家。"于是老人说："那你走吧，因为这里的人们和你原来住的地方一样。"过了一会儿，又来了一个年轻人，他低头问老人："老爷爷，您好！请问这里的人们怎么样？"老人抬起头向他问了同样的问题，这个年轻人回答说："我原来住的地方的人们很好，只是因为工作的需要，我不得不搬到这里来住。"于是，老人微笑地说："孩子，你来吧，因为这里的人们和你原来住的地方一样好。"

同样的一个城镇，同样的一群人，这位老人却对两位年轻人做了不同的形容和描述。聪明的你一定已经知道：第一位年轻人无论到世界的哪个地方，都有可能碰到虚伪、冰冷的面孔；而第二位年轻人，无论到天涯海角，我想到处都会有温暖的手、温馨的笑容在等待他。

生活就是一面镜子，你对它笑，它便也对你笑；你对它哭，它便也对你哭。倘若你的心中充满缤纷的色彩和阳光的气息，那么，世界也是风和日丽的；倘若你的心中抑郁悲观，看到的世界也是暗淡无光的。

有阳光的心态，才有快乐的日子。

只管专心演好自己的剧本

由于出乎意料的工作调整，有一段时间，我变得不知所措。家人和朋友有的赞同有的批判，他们听起来有理有据的言论交织在一起，让本来已经有了主意的我突然不敢再做出选择。我不知应该接受别人的忠告改变方向，还是按照自己的想法继续走下去。

然而，不管讨论的过程多么激烈，不论选择的内容多么丰富，最后的答案都只有一个，并且需要自己亲手填写。我郁闷加纠结，心情当然也好不到哪里去。

此时，正好有位朋友远道而来，好久不见，大家决定一起聚聚。这位朋友素以眼神犀利、头脑睿智而著称，所以我有些郁郁寡欢的表情竟被他一眼看穿。他笑着问我怎么了，我吞吞吐吐，并不想将实情广而告之。他没再强求，低头端起酒杯，然后送给我两句话：“不必太在意别人的看法，你的台下没几个观众，按你自己的想法去做就好！”

我虽然装作若无其事的样子，但心里却开始翻江倒海，继而云开雾散，洒满阳光。最后，我还是依着自己的本性选择了最初的决定，而生活也在几番波折之后，一切终又回归平静。

从此之后，我便记住了他的那句话，每当陷入舆论的旋涡中难以自拔时，便会拿出来揣摩一番。在深觉这句话有理的同时，我更加好奇，他在说出这么有哲理的话之前，是不是也经历过什么不为人知的心路历程。

他是一家私营企业的老板，虽然他把其称为私人小作坊，但我知道，他现在已经把企业打理得井井有条，一切都在朝着十分理想的方向前进。

再次见面时，好奇心促使我忍不住提出了自己的疑问。他并没表现出任何的不乐意，反而爽朗地笑起来："其实，每个人都有过这样的纠结。毕竟，周围的人都有发表见解的权利，而别人的话又会或多或少地影响到我们的决定。只是，我们却忘了，有些人确实是出于关心，有些人则不过是随口说说而已。"

"嗯，那你也有过这样的时刻喽？"我继续追问。

他没有回避，而是叹了一口气，说："当然！其实，那句话并不是我的原创，也是我偶尔听到的，但从此记在了心里。"

"哦？方便说来听听吗？"我依然紧追不舍。

"好。反正都是过去的事了，说出来让大家听听也无妨。"听到这里，大家都来了兴致，坐直了身子听他讲自己的故事。

"前几年，我那个小作坊式的公司扩张得有些快，管理没跟上，便出现了一些混乱，加上整体经济形势不好，各种乱七八糟的事层出不穷，还一度吃上了官司，整天往法院跑个不停。这一下打乱了我原先所有的发展计划，回家不敢多说，怕家人担心，也怕他们唠叨；更不敢向朋友倾诉，怕他们看到我狼狈的样子会嘲笑我。”

听到这里，我吃惊不小。那段时间我们确实很少见到他，也很少听到他的消息，原来是遇到了困难。

“那段时间，我的心情真的很郁闷，什么都不想说，也不想做。我一度认为自己得了抑郁症，还偷偷去找心理医生看过，总感觉别人看我的眼光也跟以前不一样了。因为在我心里，我先把自己当成了病人。不过，公司的事还是得继续做啊。有位挺年轻的销售员因为太内向，业绩一直很差，于是，我把他叫到办公室了解情况。你们看，人都是这样，虽然自己的问题解决不了，但开导别人还是挺有一套的。”他调侃似的笑着说。

“我帮他梳理思路，教他如何才能做好销售。说着说着，他似乎突然醒悟了似的，说了一句：‘对，别太在意别人的看法，其实你的台下也没几个观众。’我一听，嚯，这话说得好。一下就印在了脑子里。”

“原来出处在这里！”我忍不住笑起来，“我竟已经是第三个受益者了！”

“是啊！后来，我越想越有理。想想我那段时间整天胡思乱想，在意别人的看法，可其实谁真正地了解我的状况，谁又真正在乎我的感受？从另一方面来说，人家真是那样看我，想我的吗？所有的想法都不过是我的妄自揣测罢了！所以，按照自己的本性，做好手头的事就好，何必把自己想得那么高大上，以为全世界都在关注着我们的一举一动呢？”朋友们都不禁为他鼓起掌来，他反而变得有些拘谨了。

我仔细地回味着他的故事，想到自己曾经经历的是是非非，心里似乎突然有了更多的人生感悟。

无论做什么事情，我们总喜欢预先猜想别人究竟会怎么看，却从未真正关注过自己真实的内心是怎样的。过多的思虑通常会把我们无端地带入纠结和抑郁的境地，而身处其中的我们却忘了：其实我们的台下没有几个观众，你只管按照自己的剧本表演即可！

自卑只是因为你缺少爱

夜幕降临，劳累了一天的小倩正坐在摇椅上享受着难得的休闲时光，耳畔回荡着悠扬的歌声，心也随之飘了起来。迷迷糊糊中，刺耳的手机铃声打破了这份平静。

电话是从小一起玩到大的朋友小菲打来的。一番寒暄之后，小菲切入正题，她想跟小倩借一万元急用。小倩有些犹豫，不是她不想借给小菲，而是她确实有难言之隐。哥哥下岗了，准备开家餐饮店维持生计。她作为家里唯一还有储蓄的后备力量，看着一家老小期望的目光，只能倾囊相助。而那些钱借出去不过一个多月，如今，就指望先生和她的工资支付这个月的生活费。

毕竟是把家底都支援了娘家，小倩担心再跟先生提借钱，会让先生难以接受。于是，沉思片刻后，小倩还是决定告诉小菲实情，这次也许真的帮不了她了。可就在小倩吞吞吐吐地把自己的困难说出来后，小菲连个再见也懒得说，就挂了电话。

小倩知道这次肯定已经得罪了小菲，因为出现这种情况已经不是第一次了。上次，因为借钱的事，小菲已经和另外一位好朋友断交了。当时，小菲就为此和她倒过苦水，感叹现在友情不可靠，困难的时候没有人伸手相助。而这次，估计她们的友情也将戛然而止。

小菲从小就很要强，但唯一的问题就是太容易“受伤”。许多玩笑话她都会当真，偶尔的拒绝也会让她对这个人感到绝望。小时候，大家都不计较，可长大后，因为小菲的敏感，她的朋友圈已经越来越小。参加工作后，小菲如愿进入一家政府部门成为一名公务员。然而，她那经过精挑细选的丈夫却并不能体谅她的各种小脾气，两人之间的争吵逐渐成为家常便饭。夫妻关系紧张，一度濒临离婚的边缘。可小菲并不想让朋友们知道，依然小心翼翼地维护着自己高大上的体面。

一次聚会，有位朋友不小心说出了小菲朋友圈中的不和谐，为此，小菲当场和人闹崩，再无往来。因此，小倩知道，这么爱面子的小菲不到万不得已是不会跟自己开口借钱的，想到小菲会对自己有多么失望，小倩竟一夜无眠。

清晨，小倩早起为先生准备早饭，心事重重的样子最终被眼尖的先生看了出来。在先生的一再追问下，小倩一股脑儿地说出了小菲借钱的事。没想到，先生并未表现出任何反感，而是痛快地说：“她也不容易，明天我的工资就发了，加上你的工资，也差不多够了，先借给她用吧。”

小倩感动地抱着先生的脸亲了一口，迅速把早饭端上桌，便赶紧给小菲打电话。然而，兴奋的小倩却无奈地在听到许多次“嘀嘀”声之后被告知电话无人接听。隔了五分钟，她再次拨打过去，同样的情况再次上演。没办法，她只能给小菲发了条信息：小菲，钱筹到了，给我个账号，我打给你。

发完信息，小倩突然有些生气，小菲怎么能这样对待自己？难道只允许别人迁就她，她却可以随意践踏别人的好心吗？

小倩拿着手机坐在椅子上发呆，先生笑着走过来说：“小菲可真是玻璃心，因为一次借钱被拒就不接电话了？”

“哈哈，玻璃心！”听到先生的话，小倩也禁不住笑了。

“其实她那都是自卑惹的祸。”先生接着说。

就在这时，手机突然响了起来。说曹操，曹操到，电话是小菲打来的。还没等小倩质问，小菲先支支吾吾地说：“刚才有点事，没听到手机响。”小倩差点儿笑喷了，她知道小菲向来手机不离手，哪怕洗澡上厕所，也要放在伸手可及的地方。不过，她并不想戳穿那颗玻璃心，而是故意装作生气的样子说：“好不容易凑齐了钱，还以为你不用了呢。”

“你说手头很紧，我怎么好意思再麻烦你？”小菲赶紧给自己找台阶。

“都是好朋友，我肯定会尽力。有些拒绝也是情非得已，千万别因为一件事就以为看清了一个人。”小倩想借机开导一下小菲。

“哦，知道了！我得赶紧准备上班了，谢谢你了！”然而，小菲似乎并不想继续这个话题，赶紧找个理由结束这场尴尬的对话。

“唉，她肯定还是没能听进去我的话。”挂断电话的小倩叹着气对先生说。

“玻璃心的人其实是十分自卑的，他们可能小时候缺少爱，现在也不会爱别人。所以，他们已经习惯了把别人无意的伤害无限放大，或是刻意曲解别人的好意，我们能做的也就这些了，又何必自责？”先生倒是看得透彻，一语中的。

“你说得对，就按你说的办！”小倩调皮地举起右手冲着先生敬了个礼，借钱的风波总算回归风平浪静。

自卑的人都有一颗易碎的玻璃心，脆弱得无处安放自己的心灵，永远把希望寄托于别人的关照，却又用敏感的刺刀将帮助自己的人刺得体无完肤！

要想改变这种现象，首先必须要学会放开心态，从内心深处真正接受别人的爱，然后慢慢学着用自己的爱与别人交流。当爱的通道打通之后，自卑的阴影就会慢慢褪色，阳光的色彩才会更加丰富起来！

用平常心面对世事无常

人们常说：人生百态，世事无常！确实如此，我们的生活中总是存在着各种各样意想不到的事件。它们猝不及防，让身处其中的人在遭到突然袭击后，来不及反应便陷入了无边的痛苦之中。

大多数人面对这种状况，一般会难过、抱怨，甚至一蹶不振、人生混沌。但有些人不但不会被其打倒，反而越挫越勇，在艰难困苦中不断反思，总结经验教训，择机崛起。对于拥有良好心态的人来说，无常的世事是铺路石，能够铺就一条通往成功的康庄大道。

一天下班后，偶遇一熟人，未待开口聊上几句，她便声泪俱下地说起了自己的伤心事。其实，对于她的遭遇，我早已略知一二：丈夫有了外遇，且已和他人有了孩子，她本想装作不知道，可没想到，丈夫竟然提出了离婚。

我能从她的面容上深切感受到她所遭受的痛苦，所以，怕不小心触及她的伤心事，本想寒暄几句就各奔东西，但很明显，她已然如祥林嫂般被意外的离婚之灾折磨得找不到生活的方向。此时，恐怕唯有倾诉还能带给她一丝倾泻痛苦的快感。因此，不管遇见谁，她都会忍不住想要倒一倒心里的苦水，让压在心头的悲伤暂时减轻一些重量。

她不停地控诉着这罪恶的婚姻，而我也不知如何劝解，只能静静地听她诉说，任由她宣泄心中的愤懑。原以为，如此不堪的婚姻她必弃之如敝屣，然而，她在倾诉结束前，却突然恨恨地抛出的一句话，让我不由得一激灵。她说："即便是要离，也要把他拖得筋疲力尽，最多不过是鱼死网破。"

我赶紧下意识地摇了摇头，并力图摆事实讲道理劝说她别这样做。可她终究没听进我的话，转身向我告别，匆匆离去。

我站在原地，目送她的身影远去，忍不住长叹一声。也许，这场离婚大战还会持续很久，甚至双方会不惜用尽全力，押上一生与对方死磕到底。

对于一个视家庭为生命的女人来说，婚姻的不幸确实能在瞬间将其击垮。就如多年的经营成果毁于一旦，心似浮萍独飘零，而她所能抓到的，依然是那个支离破碎的过去。因此，即便你再怎样劝说她要自立自强，一个人照样可以活得很精彩，她肯定半句都难听进去。此时，她所想到的永远只是：你不让我好过，我也不能让你好过。

可亲爱的，人生最怕的莫过于面向过去，背朝未来。那样便只会看到昨日的阴影，却看不到明天的太阳。

婚姻需要坚守，可有时，却也需要放手。并不是不想继续，而是情非得已时，不妨后退一步，让彼此都能喘口气。小脚女人张幼仪都能做到，何况我们这些新时代女性呢？

说起徐志摩，大家耳熟能详的，大多是他痴迷林徽因；或是他因为陆小曼而离家出走后，回家的路上因飞机失事而不幸殒命。可实际上，在他背后，最让人钦佩的，却是那个他曾经瞧不起，一直视为人生累赘的张幼仪。

由于是包办婚姻，徐志摩从心底里厌恶这门婚事，以至于在见到张幼仪之初，便一撇嘴，将其定义为“乡下土包子”。后来，更是为了追寻属于自己的爱情，逼着刚刚生产的张幼仪离婚。

看尽了徐志摩的冷漠，此时的张幼仪不再犹豫，决绝地在离婚协议书上签了字，他们也就成为当时文明离婚的第一对夫妻。没有寻死觅活的吵闹，也没有死缠烂打的纠葛。张幼仪用冷静为他们并不幸福的婚姻画上了句号，给了那个她爱他他却不爱她的丈夫自由，其实，现在看来，又何尝不是给了她自己自由。

然而，身在异乡的她既要独自抚养嗷嗷待哺的幼儿，还要维持母子两人此后的生计，此时，她的艰难可想而知。实在支撑不下去时，她不得不找到二哥张君劢，请求帮助。更为残酷的是，幼子 3 岁时便因病夭折，使得张幼仪的生活雪上加霜。可就是这样让人绝望的境地，小脚女人张幼仪却硬是挺了过来，并且用实力赢得了曾经将自己看得一文不值的前夫的敬重。更重要的是，她变得越来越自信、乐观，从而活出了自己的精彩。

后来，她曾回忆说，和徐志摩离婚，使得她脱胎换骨，找到了自我。在去德国之前，她什么都怕，在去德国之后，她无所畏惧。因为她不想再活在过去的阴影里，不管以前的生活如何，一个人总要学着接受崭新的未来。尽管前路必定荆棘遍布，必定充满艰险，可不管怎样，总比活在满目疮痍的过去要好得多。

离婚之后，她疯狂地学习德文，恶补各种育儿知识，并成功进入裴斯塔洛齐学院，专攻幼儿教育。没有了婚姻中徐志摩的鄙视和嫌弃，张幼仪仿佛才找到了属于自己的位置。人生最晦暗的时光里，她终于明白，任何事情，原来都要依靠自己。

多么残酷的过程，多么痛彻的领悟，但只要你迈开大步，走出过去带给自己心灵创伤的阴影，便会在转角的地方看到属于未来的光亮。

就像作家李筱懿所说："糟糕的婚姻可怕吗？它不过像一所学校，你在其中经历了最钻心的疼痛，最委屈的磨炼，最坚韧的忍耐，最蚀骨的寂寞，最无望的等待。以这样饱经考验的心面对未来，还有过不去的坎吗？最怕永远面对的是过去，背朝的是未来。"

自律真的可以改变人生

一年夏天，看到新买来的裙子怎么都穿不出想要的样子，心中苦恼不已，减肥的想法再次蹿上脑门，下定决心对自己的体重开刀。但想想之前曾经的努力时常付诸流水，不免心有戚戚焉。对于我这样以吃为生命的人来说，减肥谈何容易。我开始上网搜索资料，希望有一种不必节食且可一劳永逸的方法，但希望落空，铩羽而归。垂头丧气地想来想去，决定还是按照老办法来做：管住嘴，迈开腿。

没想到，经过一段时间的坚持，我的体重真的足足减了 20 斤，其间并未依靠药物或是其他的帮助，全凭自律。

在本次“绿色减肥”成功之前，我一直认为，毫无节制地干自己想干的事是一件极爽的事情，且以为只有那种随心所欲的酣畅淋漓才叫作没有白活一回。可随着岁月渐逝，身体上各种不适的症状隐隐乍现，我才慢慢认识到：以前的想法大错特错，因为只有懂节制，才能活得更惬意。

初有这种感觉，源于一次牙疼。俗话说：牙疼不是病，疼起来真要命。而我，年纪轻轻便开始被这种不是病的病缠上了。突然汹涌而至的疼痛总是让我忍不住捂着头在床上翻滚，恨不能一头撞在墙上，昏死过去，以获得暂时的安宁。

看到我痛不欲生的样子，母亲急得在旁边手足无措，父亲则生气地转来转去，有时甚至还甩下两句狠话："现在知道疼了，当时不让你吃糖，你不听啊！起来起来，再去买糖吃就不疼了。"

是啊，牙不疼的时候，我嗜糖如命，即便那些花花绿绿的糖被父母藏得好好的，我却总能寻味而去，搜刮一空。我在大嚼特嚼、尽情享受甜蜜的时候竟从没想过，有一天，它会带给我怎样的痛苦。可人在江湖混，账总是要还的。

当快乐的本钱被提前毫无节制地透支殆尽，人生的天平便开始由大喜滑向另一个极端——大悲。

然而，如此简单的道理却经常被我们忽视。我们总是毫无节制地大快朵颐，认为吃尽天下美食、喝尽天下美酒才算饱了口福，不枉这张嘴为我们立下汗马功劳，却忘了即便再鲜美的食材，在我们嘴里停留的时间最多也不过几十秒，享受了片刻的快感，却为身体埋下了长久的后患，让除了嘴之外的器官都为此背上沉重的负担。

我们总是毫无节制地看手机、电脑，刷微信、微博，浏览各种无聊的八卦新闻，生怕遗漏了哪条突发的新闻，看不到事件的最新进展，似乎不跟热点便会被社会抛弃在半空，找不到归属感。可你想过没有，我们时刻关注的这些所谓的头条到底给我们带来了什么？我们在满足了暂时的心灵空虚感之后，却浪费了大好的时光。

我们毫无节制地熬夜，理由是因为工作压力太大，不得不争分夺秒。确实，生活在一个高速发展、日新月异的时代，要想获得一些所谓的存在感，当然需要更多的付出和努力，但是否需要每天都熬到凌晨一两点却是个未知数。很多事情本来可以早睡早起来完成，我们却愣要用黑夜来证明自己的勤奋，使身体机能在短时间内消耗掉大半，这似乎并不是勤奋的本意吧！

而有节制的人的生活就不一样了。他们知道自己到底想要什么，所以，吃饭只吃个八分饱，不求多么精致，只需粗茶淡饭，搭配均匀即可；也会浏览手机、电脑，但都是定点的，因为生活中本没有那么多急事要事，空闲的时候关注下也便可以了；也偶尔会为了某项重要的工作熬夜，但绝不会把熬夜当成常态，反而要为了让热爱更长久而舍弃许多本不属于自己的东西。

人的一生虽说算不上十分漫长，但总也有几十年的时光归我们支配。而能量守恒定律告诉我们，如果我们前期过度消耗了人生的能量，后期势必会过得窘迫而难堪。这是我在经历过屡次减肥失败，熬夜看小说终至不得不复读，每天刷微信而浪费了大量时间后的沉痛感悟。

当我开始节制自己的欲望，再也不吃糖，不暴饮暴食；再也不为了看一本小说整夜都不睡觉；再也不追着赶着刷各种热点头条，我才突然发现，我竟并未因此失去什么。相反，我收获了健康而匀称的身体，读书无数却依然视力不错的眼睛，事务繁多而依然运转高效的大脑，当然，还有充实而又惬意的生活。

可见，自律真的可以改变人生，只要我们拥有足够坚强的意志。

反思是前进的永动力

作为一个平凡得不能再平凡的普通人，我们经常会遇到这样一种境况：一件事情做到半路，既没有人喝彩说做得好，让我们获得一些成就感，增加前进的动力；也没有人喝倒彩说做得不好，让我们有了辩解和反思的机会，稍事整顿以便重新出发。事情的真相是根本就没有人关注我们，就好像我们所做的事情没有一点儿意义。

这时，我们只能轻飘飘地走在属于自己的世界里，没有顺风推我们前行，也没有逆风激我们奋起，我们的存在也只是一个存在。遇到这样的状况，我们总不免对自己做的事情产生怀疑，前行的脚步也犹疑不定。我们开始左顾右盼，希望能从别人那里得到一些启示，然而，每个人都兀自走着属于自己的路，还是没有人关注我们。因此，我们最终也没有获得任何要继续做还是停止不做的建议，人们只是说：你自己的事自己最清楚，还是你自己决定吧！

这是我的亲身体验，东张西望一番之后，便开始陷入纠结模式，直至彻底放弃原来的选择，像无头苍蝇一样重新寻找人生的方向。但那天偶遇小伟，却让我不得不重新审视自己的行为。

再次见到小伟，是因为出去买晚饭。已是深秋，刚刚下过雨的路面湿湿的，夹杂着从树上吹下的一片片黄叶，心中顿生一阵悲凉。我裹着毯子窝在沙发里，想到自己写出来的文章不再如先前那般受欢迎，沮丧的感觉悄然蔓延。

正在我出神的时候，孩子央求着要吃煎饼果子，我便随手披上一件大衣出了门。一股寒气扑面而来，我赶紧裹了裹身上的衣服，心里思量着到底会不会有人在外面摆摊。思虑中，已经来到大街上，果真没有几个人。远远望见一个摊位好像还在经营，我赶紧一溜儿小跑过去询问。

没想到，我刚一开口，便听到对方惊讶地说："李老师，是您哪！"我盯着眼前的小伙子仔细地瞅了瞅，还是没有想起是谁。小伙子一边熟练地忙活着手中的活，一边说："我是小伟啊！您教的第一届学生呢。"我的大脑开始高速运转，仔细地检索着那个名字和眼前的人。

噢，我突然想起来了。是有个小伟，有些内向，但画画得特别好，最大的理想就是能开个属于自己的画室。当时，我还时常鼓励他坚持自己的梦想，他总是腼腆地笑笑，点点头。想到这儿，我不禁惊讶地张大了嘴，可当下的这个画风也太不搭了！

但我终究没有用疑问句表达自己的诧异，可小伟却早已看出了我脸上微妙的变化。他咧了咧嘴，自嘲地说："李老师，让您失望了。我早就放弃了当时的理想。""没事，行行都能出状元，你看，你现在也不错啊。"

可他根本没有听我说话，似乎我突然把他带入了遥远的回忆，忍不住把想说的话全部说完。“考上高中之后，我就不那么出众了。慢慢地，也就没有人关注我了，当时感觉挺失落的。没有人鼓励，也没有人批评，我感到自己似乎进入到真空中，没有一点儿前进的动力。后来，我就自暴自弃了，这不，高中没毕业就出来混日子了。现在想想挺后悔的，没人关注也很正常啊，怎么就没想到要再努力努力重新被人关注呢？唉，可惜都晚了！”小伟边说边摇了摇头，看得出，这些话是发自内心的。我竟一时语塞，不知应该如何安慰他。我该说些什么呢？直到他把煎饼果子递过来，我终究也没说出一句合适的话来。

回到家里，我打开日记本，郑重地写下一句话：“在没有人关注的时候，你所要做的除了默默努力，别无他路。”每当我在写稿写不动的时候，就会拿出来看看。

写稿是件寂寞的事。写作之初，亲朋好友会在身边给予鼓励，为我们加油。可此后呢？总会有那么一段时间我们会进入瓶颈期，写作水平停滞不前，欣赏我们的人也慢慢产生了审美疲劳，没有人再继续陪我们前行，身心会突然觉得失去了重心。我曾经在心里千百次地问自己：“我是不是哪里写得不好？我是不是会就此打住，再也不能进步？”为了解除心中的疑问，我曾到处请教，希望别人或褒或贬，给自己一些动力。然而，我们永远也不会找到想要的答案，因为这时的我们已经对自己产生了怀疑，心早就飘了起来，很难再全心全意地对待当初的选择。

然而，这就是我们时常必须面对的心理困境，掌声不会常伴，质疑也不会常有，大多时候，每个人都是默默地赶自己的路。

正如著名儿童漫画家麦家碧在采访中所说的一段话："我们觉得，人生的意义不在于发达，而在于不断战胜自己内心的困境，给自己制造希望和光芒。我们走一辈子，完成属于我们自己的功课，成为更好的人，就是人生的意义。"

寻找真实的自我

一年冬天，因为晚上空气不好，我又想继续锻炼身体，便决定把锻炼的时间前移，改为步行上下班。路上闲来无事，便想起给母亲打个电话。电话里，母亲听到我边走边喘着粗气的声音，问我在干什么。我如实相告心里的打算后，她便开始表示出各种担心，一个劲儿地劝我别减肥了，都那么瘦了，再减就不好看了。我差点儿笑破肚皮，是啊，她是这世界上唯一真正从不嫌我胖的人。然而，她却未必真正懂我为何要一直坚持减肥。

就让我们从一篇叫作《当我决定瘦下来》的文章说起。作者花了一个夏天减肥成功，由他所形容的又丑又胖的女生弃儿，转而成为又帅又瘦的女生新宠。然而，他却在此时发现了一个严重的问题：在获得别人追捧的同时，他突然发现自己的内心仿佛不再那么自由了，因为他更加在乎别人的看法，怕别人看到自己以前很丑的样子。“瘦下来所带来的幸福感渐渐消失殆尽，疲倦在我时刻保持警惕的神经之中迅猛扩散。”幸好，这时，他碰到了 P，一个因为表白被拒而自虐式减肥后得了厌食症的女孩。P 在去国外接受治疗前，给作者留下一句话：“无论你因为什么而决定减肥，当你费尽千辛万苦努力瘦下来，要记住，从现在开始，你要学会为自己而活。”

正是因为这句话，作者突然顿悟：其实，减肥也许并不只是一个结果，而是一个过程，一个追求新生的过程。正如他在文中所说：“我们那么努力地去改变自己，不是为了力挽狂澜，让那些不爱自己的人、讨厌自己的人重新喜欢上自己，而是让我们的灵魂更加独立，让生命因为更好的自身而充满意义。”

于是，我又想起人们经常提起的一个问题：人生的意义究竟是什么？毋庸置疑，每个人都有属于自己的答案。于我来说，人生的意义很简单：努力成为更好的自己！

即便这样的自己终也不能达到传统意义上的成功，但至少一直在成长，或者说一直在追求成长的路上大步向前，就已足够。

从致力于控制体重和专心写稿至今已是四月有余，体重基本控制了下来，写出的稿件也竟有 80 篇之多。这于我来说，是决定控制体重和写作之初，想都不敢想的事情。

有朋友不解地问我：女人都喜欢嚷嚷减肥，这我能理解，毕竟谁都想更漂亮一点儿。可你每天那样忙，还要坚持写稿，半点儿收入未见，你到底在想什么呢？

我哑然失笑，我在想什么呢？答案其实很简单，我只是想在写作中遇到更好的自己！

四个月里，我也曾无数次地想放弃，尤其是在想不到好的素材而时间又紧迫的时候，便会忍不住劝自己说：要不，先不写了吧，一天不写也没什么……就如村上春树在谈到为准备参加马拉松比赛而需要每天大强度跑步时所说的：虽然可以为不跑找到一千个理由，但跑只需要一个理由，走出来，迈开腿就好。所以，尽管经常会因为是不是写下去纠结上一小会儿，但最终还是会继续坚持下去。实际上，想不出来的素材总会想出来，本以为写不完的内容也总会写完。

仔细翻看以前的文章，边看边笑出声来。所有的文章都存在很多不尽如人意的地方，但却无须自惭，因为我知道，写这篇文章的时候，那就已经是我的最高水平。再依次往后翻，尽管依然并不完美，但我却明显看到了自己的进步。无论是文章的构思，还是语言的运用，都较开始有了很大的变化。由此不难看出，要想进步，再有哲理的话也是虚妄的，唯有沉下心来做才是最切合实际，也最能让自己获得成长的途径。

而写作的过程也是自我反思的过程，以前常有的心浮气躁、焦虑不安、瞻前顾后，写着写着就通通被抛向了九霄云外。看过了更多的书，才更明白自己的浅薄，写过了更多的字，才更明白每个人的背后都有一段不平凡的人生。人生从来没有完美一说，但总需努力过了才更懂得珍惜当下的生活。试想，当我们日暮迟年之时，坐在摇椅上回首一生的足迹，风轻云淡时的印记大多已经随着岁月的延伸渐渐消失，而那些因为负重跋涉所踏出的深深的印记却依然清晰，就存放在心中那个最柔软的角落，成为一生最珍贵的回忆，成长的意义也就在其中。

写作中收获的又何止这些，有的朋友说因为看我的文章获得了些许启发，又重新找到了生活的方向。看到他再次朝气蓬勃地重新走在通往梦想的路上，心情竟比自己中了彩票还要开心。而我也因为写作，认识了一些朋友，他们有梦想，也有行动，我们互相鼓励，互相支持。与人相伴前行的人生路上，路边的风景也变得分外妖娆。

生命中的经历，它不是一袭风，吹过就吹过了，了无痕迹，而是岁月暗生的痣，不知不觉，就长在你的心口上。人的一生都在成长，似水流年里，只为遇见更好的自己。

其实你很好，只是你自己没看到

“你真有福气！”帮我一起往办公室搬运书籍的姐姐一边忙活一边和我聊了起来。

“是吗？”因为不知如何答话，我只能顺势反问一句。其实，内心的独白是：福从何来？不过是没话找话而已。

之前因为工作，我和这位姐姐接触过几次，心情好的时候也曾畅聊过生活中的那些鸡毛蒜皮，所以她对我还算有些了解。但这次，我却并不想接话。最近，被一堆乱七八糟的事情困扰，我已经焦头烂额。与先生闹了点儿矛盾，孩子成绩总是没有预期中理想，工作上的头绪依然没有厘清，想读的书没有读，想写的文章写不出来……

然而，这位姐姐却并没有因为我的漠然而停止搜寻我的“闪光点”，固执地继续刚才的话题。

“嗯，当然是啊！”她十分确定地点了点头，“你看你先生经常接你上下班，对你多好啊！两个孩子又那么讨人喜欢，老人还能帮你们照顾孩子。关键是你们工作都很稳定，不用考虑明天会不会没有活干了，不像我，还没干完今天就得想着明天怎么干，每一件事都需要操心，太累了！”

听她吧啦吧啦说了这么多我的“福气”，我突然有了想要接着攀谈的欲望。看来人就是这么贱，在与别人的比较中获得优越感，就突然迸发出将这种感觉保持下去的动力。

“其实你这样也很好啊，把自己的小店经营得红红火火的，自由，赚钱也多，多好啊。”为了将话题继续下去，我也开始寻找她身上的“闪光点”。

“那也是没办法，我又没有你们这么稳定的工作。我们都是自己紧自己，不然，一家老小可就吃不上饭喽。”她边说着，边吃力地伸手举起一大摞书，整齐地码放在旁边的橱柜上。

我的神思突然有些恍惚，想想以前也听到过类似的话，才发现，这时常被我抱怨的工作却在被无数人羡慕着，脑海中突然闪现出《爱情公寓》里的一句台词：一个人总是仰望和羡慕着别人的幸福，一回头，却发现自己正被仰望和羡慕着。其实，每个人都是幸福的。只是，你的幸福，常常在别人的眼里。

仔细考虑了一下她所说的那些话，虽然有些是为了避免尴尬的恭维，但实际上，那不也就是事实吗？只不过，她看到了其中幸福的一面，而我却只看到了糟糕的一面。

有时，幸福就是这样，因为着眼点迥异，我们的幸福只能映衬在别人的眼里，而我们却不自知。

在别人眼里，莲莲是个美丽且集万千宠爱于一身的女孩。先生经营着一家不大不小的公司，赚钱不少，但从不拈花惹草。大家都说，从他那笑眯眯的眼神中就可以看出，他的心里似乎除了莲莲再也装不下别人。

于是，每次闺蜜三人组聚会，蓉儿和小乔都会对着莲莲各种羡慕嫉妒恨，一个劲儿地向她询问是用什么手段把先生迷得神魂颠倒的。

起初，莲莲总是笑而不答，可后来，她竟唉声叹气起来。闺蜜团顿时骚动起来，追问莲莲是不是先生有了外遇，莲莲摇摇头。“那还有什么值得长吁短叹的？”蓉儿和小乔大眼瞪小眼，猜不出什么原因。

莲莲苦笑一声，说：“唉，其实也没什么，就是觉得这么日复一日的，过得很没滋味。”

“你是太闲了吧？好日子过够了？”蓉儿和小乔听完莲莲的话恨不能用唾沫淹死她。

“他总是挺忙，我们两个都难得一起出去逛个街。都不知多长时间没有在不被电话骚扰的情况下痛快地聊会儿了，甚至……算了，不说了。”莲莲欲言又止。

但两位闺蜜却似乎都明白隐藏在未说完的话背后的意思。因为应酬多，莲莲的先生几乎每天晚上都会回家很晚，所以两人连亲热的机会也不多。

“我倒宁愿像蓉儿那样。”看大家都没说话，莲莲继续幽幽地说。

“你的意思是羡慕我？”正在沉思的蓉儿像是被雷击了一般，瞪大了双眼，用手指着自己的鼻子。

“你不值得羡慕吗？老公整天跟你腻歪在一起，多好啊！”莲莲边说边叹了口气。

“哈哈，是吗？可我经常感觉他很烦，每天有事没事就问我在哪儿，我干什么他都要跟在屁股后面，感觉自己都快喘不过气来了。”蓉儿的话像连珠炮般蹦出来，让刚才还愁眉苦脸的莲莲也忍不住笑了起来。

“哈哈，要不你们换换得了！”一直冷眼旁观的小乔更是笑得捂着肚子滚到沙发上。

现在想想，幸福真是个奇怪的东西，我们在想方设法挣脱的可能却是别人在拼尽全力争取的。“甲之蜜糖，乙之砒霜”，我们视之如敝屣的生活在别人眼里甘之如饴。也许，其中的道理在于：生活总是不完美的，得到的同时也意味着失去。只是，身在其中之人看到了失去，而置身事外之人看到了得到。

一年春节的时候，一年一度的探亲“大迁徙”又开始提上日程。已在美国定居的老陈的儿子打电话说春节不回来了，希望老陈夫妻俩去美国。老陈心里一万个不情愿，但在妻子的催促下，他们还是决定去一趟。毕竟很久没有看到儿子了，他们也有些想他。

其实，老陈的妻子已经退休，儿子几次三番地催她过去。可她又放心不下还在上班的老陈独自在家，所以一直纠结着还没定下来。

看到别人一家老小尽享天伦之乐，老陈总会忍不住埋怨妻子当时支持儿子考出去。可实际上，他们直到现在还是很多父母羡慕的对象。

他们的儿子从小就特别优秀，一直是邻居们眼中那个令人羡慕的“别人家的孩子”。为此，很多周围的孩子没少挨父母“恨铁不成钢”的白眼。那时的老陈夫妇真是风光无限。

然而，自从孩子决定出国，他们便开始慢慢把这份得意收了起来。记得送儿子出国时，正是一个风和日丽的秋日午后，好事的邻居们围着送行的车不断地啧啧称赞，艳羡的神情好像是在说：要是这孩子是我们家儿子该多好啊！

但是老陈夫妻俩却似乎并未像人们想象得那么高兴，忙碌的神色中透出淡淡的不安。是啊，他们已经预感到，自从儿子登上飞机的那一刻，也许就意味着他们将会不得不面临背井离乡的选择。毕竟，总有一方要为以后的生活做出让步，而这一方往往都是父母。

对于喜欢安定的老陈来说，现在倒宁愿儿子只是一个普通人，就像别人家的孩子那样，时常陪伴在他们身边。但是，他们阻挡不了孩子的脚步，所以，别人眼中的期盼就成了他们心中的灾难。

幸福有时就是这样，虽然它并不能分得那么均匀，有人三份，有人两份，但仔细观察，我们就会发现，它稀疏地散落在人生之路的两旁，有时来得早些，有时来得晚些。我们所需要做的是让自己保持一份从容的心态，在道路两旁仔细地寻觅。也许我们眼中别人那些闪闪发光的幸福不过是我们看花了眼，而我们手边的幸福正藏在路旁的沙砾中，等待着我们去打磨。

由此看来，幸福并不是依存于你是什么人或拥有什么，它只取决于你从自己的心里看到了什么。其实你很好，只是你自己不知道，因为你把眼睛投注在了别人的幸福上，而忽略了自己最真实的感受。

第四章

不生气，你就赢了

时常急躁是一种病

我是文学硕士，但接触微信公众平台后才发现，自己写作的方式与网络平台的要求相差甚远。为了让自己跟上时代的潮流，我开始跟着一位网络红人学习写作。起初，信心满满，写得也格外带劲，但看到同时期学写作的同学都写出了质量很高的文章，突然之间，就又不淡定了。脑海中一个念头一直在盘旋：我也写了这么长时间，为什么还是没有好作品？我是不是不适合写作啊，到底应不应该继续学？

人如果被一种急躁的状态缠住，便会丧失还手之力，所有的事物都会变得暗淡无光。但很可悲，我确实陷入了这种状态。我急切地想知道自己的文章到底有什么问题，急切地想快点儿解决问题，急切地想取得更大的进步和成功。总之，我就是特别着急，恨不能今天开始写作，明天就能看到成果！

我跟朋友抱怨为什么我这么无能，为什么写了这么久还是没有像样的文章，怎么总是追不上人家。本以为他会安慰我一番，没想到，他却幽幽地说："你呀，也太急功近利了！"

急功近利？我竟差点儿被这个词砸晕过去。

我躺在床上，蒙头大睡了两个小时。一觉醒来，脑袋似乎稍微清醒了一点儿，仔细想想他说的话，哎，他说得好像很对啊！

我再次认真地翻阅了那些已经粉丝众多的作者的公众号，仔细地阅读他们的文章，查看他们的写作历程。心情慢慢平静，心态渐渐放平，这才发现，朋友说得没错，我确实太急功近利了！别人的成功并不是一朝一夕完成的，我只看到了他们眼前的收获，却未看到他们长期的付出。

在这个什么都追求高速发展的时代，人们变得越来越着急，总想着一步就可以登天，一伸手就能够到月亮，完成一件事就可以一劳永逸，甚至忘了出发时的目的，忘了行程中的美景，忘了基本的感知外界喜怒哀乐的能力。

可惜身边这样的人还真不少。有一年股市疯涨，朋友禁不住诱惑，拿出毕生积蓄投入股市。身为股盲的他，每天都热切地打开平台，盯着那些花花绿绿的线条看得起劲。

我问他："你看得懂吗？股市可有风险，你得注意点儿。""没事，人家很多专家都说没问题，关键是这个赚钱快啊。你看，我昨天就赚了一万块。要是每天都能赚个万儿八千的，我就辞职，专职在家炒股，省得受那些大领导小领导的气。"

看他热劲十足，我知道现在说什么对他来说都会如耳旁风。一天天疯涨的曲线早已蒙蔽了他的心，赚钱的欲望已经淹没了仅有的理智。

好景不长，股市狂跌，他在积蓄快要赔光的时候，惨淡出局。家人和好朋友们轮流陪着他，怕他想不开。

过了好长一段时间，他终于敢谈起这段往事："现在想想那段时间就像在做梦。明明看不透股市，还硬往里凑。我就是太想快速赚钱了，可最终却是'赔了夫人又折兵'！那时候，今天赚一万块，明天就想赚两万块。就是忘了咱又没仔细研究过股市，凭啥就能赚钱呢！"

多么深刻的体验！很多人在看到"利"的时候，往往变得急于求成、不自量力、想入非非，却硬要赴汤蹈火、在所不辞。想起来真是可悲又可叹。

然而，也有一些人，他们却宁愿让自己的生活慢下来，追随自己的内心，专心做自己喜欢的事情，什么功成名就，什么金钱名誉，于他而言，皆是浮云。这样的人，永远游离在所谓的成功之外，却获得了真正的成功。

不知你是否看过曾在朋友圈疯传的这个帖子《"神秘"女子震惊世界，更让人震惊的是她背后的男人》？

当我无意间打开这个帖子，立刻便被其吸引住了。所有的画面栩栩如生，恰如用照相机拍出来的写真。如果不是继续往下看，打死我也不相信这是一幅油画。我赶紧拿给同事看，同事也不禁惊呼："哇，这么逼真！太吓人了！"

好吧，如果你还没有感受到逼真到什么程度，也许，这段话可以为证：当他的画作在深圳美术馆展出时，受到一位美术老师观众的投诉："画家把画拍成照片开展览，画展成了摄影展，作为观赏者感觉受了欺骗！"

所有的人都在猜测作者肯定是一位天才，抑或是出自名门，否则，怎么会有这么优秀的作品，怎么会一夜暴红？

而实际上，大家都猜错了。这些画的作者不过是一位没有接受过正规绘画训练的业余画家，他的眼睛有着高达900度的近视，他的名字叫冷军。

为了画画，他整整坚持了40年，每天除了画画，还是画画。

正是几十年来近乎痴狂的专注，才让他的作品达到了炉火纯青的地步。而在画画之初，他从未想过要获得怎样的成功。

事实上，所有成功的人都经历过一段沉默的时光，只不过，他们的沉默没有人看到而已。有人羡慕许多公众大号日写一文，而且篇篇都是精品，但我们并不清楚他开始时屡投不中，却在咬牙坚持的痛苦；有人羡慕奥运健儿站在领奖台上英姿飒爽、意气风发，可我们却并不清楚他们一次次独自训练时的孤独和寂寞。

你是否也中过“急功近利”的毒？是否一出发，就想搭上成功的快车，直奔终点？是否一努力，就觉得应该到达成功的彼岸，畅享名利双收的喜悦？

如果有这些状况，那就赶紧调整自己的心态吧，成功并不只是一个结果。它是我们奋斗途中的一次次坚守，是我们成长途中的一步步提升，是我们峰回路转时的豁然开朗，是我们蓦然回首时的灯火阑珊。

急不得，急不得，越急越不得！即便是漫天的“功利”在飞舞，也不要总是急着去追，因为那也要等你有了足够有力的拳头才能抓得住！

生气就是犯傻，别拿别人的错误惩罚自己

虽然我们都经常把“生气就是拿别人的错误惩罚自己”挂在嘴边，但在日常生活中，人们还是常常会为这为那而生气。俗话说“气是百病之源”，生气对人身体危害极大。看来我们有必要先来了解一下，生气到底会带来什么危害。

下面是医学专家总结的生气所带来的几大危害：

一是伤肝。生气时，人体会分泌一种叫“儿茶酚胺”的物质，作用于中枢神经系统，使血糖升高，脂肪酸分解加强，血液和肝细胞内的毒素相应增加。

二是脑细胞衰老加速。大量血液涌向大脑，使脑血管的压力增加。这时血液中含有的毒素最多，氧气最少，对脑细胞不亚于一剂“毒药”。

三是胃溃疡。生气会引起交感神经兴奋，并作用于心脏和血管，使胃肠中的血流量减少，蠕动减慢，食欲变差，严重时还会引起胃溃疡。

四是心肌缺氧。大量的血液冲向大脑和面部，会使供应心脏的血液减少而造成心肌缺氧。心脏为了满足身体需要，只好加倍工作，于

是心跳更加不规律，也就更致命。

五是引发甲亢。生气使甲状腺分泌的激素增加，久而久之会引起甲亢。

六是伤肺。情绪冲动时，呼吸就会急促，甚至出现过度换气的现象。肺泡不停扩张，没时间收缩，也就得不到应有的放松和休息，从而危害肺的健康。

七是损伤免疫系统。生气时，大脑会命令身体制造一种由胆固醇转化而来的皮质固醇。这种物质如果在体内积累过多，就会阻碍免疫细胞的动作，让身体抵抗力下降。

你看，生气还真不是一件无关紧要的小事，而是一件关乎身体健康的大事。有些人没有认识到其中的重要性，常发脾气，乱发脾气，结果葬送了自己的健康，也埋没了家人朋友的幸福。真正的智者绝不会这样。网络上曾流传着这样一个故事：

一个老和尚养了一盆兰花，他对这盆淡雅的兰花呵护有加，经常为它浇水、除草、杀虫。

兰花在老和尚的悉心照料下，长得十分健康，出落得清秀可人。

有一次，老和尚要外出会友，便把这盆花托付给小和尚，请他帮忙照看。

小和尚很负责，像老和尚一样用心呵护兰花，兰花茁壮地成长着。

一天，小和尚给兰花浇过水后放在窗台上，就出门办事了。

不想天降暴雨，狂风把兰花吹翻在地摔坏了。小和尚赶回来，看到一地的残枝败叶，十分痛心，也很害怕老和尚责怪他。

过了几天，老和尚回来了，小和尚向他讲述了兰花的事情，并准备接受他的责怪。可老和尚什么也没说。小和尚感到很意外，因为那毕竟是老和尚最心爱的兰花呀。

老和尚淡淡一笑，说道："我养兰花，不是为了生气的。"

多么透彻的人生领悟：相信每个人开始做一件事的初衷肯定都不是为了生气的。但只有老和尚这样的智者才把生气的利弊分得一清二楚，从而避免了无谓的气恼。也许我们无法短时间内达到这样一种物我两忘的境界，但如果注意修炼，就可以慢慢达到自己所期盼的效果。

其实，生活中，这样的智者还有很多：在古老的西藏有一个叫作爱地巴的人，每次生气或是和人起争执的时候，就以很快的速度跑回家去，绕着自己的房子和土地跑三圈，然后便再也不提刚才发生的事情。

多年以后，因为爱地巴工作十分勤奋努力，他的房子越来越大，土地也越来越广，但不论财产多么庞大，如果他发觉自己生气了，还是会绕着房子和土地跑三圈。

亲朋好友都对他的这个习惯感到奇怪，但每当别人问起，他却只是微微一笑，从不解释。

又过了很多年，爱地巴老得只能拄着拐杖走路了，但他因为一件事情生气时，还坚持一步一步地围着房子和土地转圈，别人怎么劝都不肯停下。一次，爱地巴走完了三圈，坐在田边气喘吁吁。

他的孙子实在忍不住了，跑过去带着责备的口气说：“阿公，您年龄已经这么大了，周围邻居的土地也没人比你更大，您怎么生气了还要绕着土地跑啊，您的身体能吃得消吗？不绕着土地跑上三圈能怎么样？”

爱地巴边喘着粗气边笑起来，说：“反正现在已经这么老了，说说心里的秘密也无妨，年轻时我一跟人吵架、争辩、赌气，就绕着房子土地跑三圈，边跑边想我的屋子这么小，土地这么少，我哪有时间，哪有精力去跟别人吵架呢？一想到这里，我的气就消了，于是就把所有的时间都用来努力工作。”

听完这些话，孙子更惊奇了：“阿公，您现在年纪这么大了，也已经变成最富有的人了，为什么还要绕着房子和土地跑呢？”

爱地巴笑着说：“当然，后来我生气时考虑的事情和以前不一样了。我想的是我的房子这么大，土地这么多，我又何必跟人计较？一想到这儿气就消了。”

爱地巴老人是一位智者，他在遇到让自己生气的事情时，选择了一种能够让自己恢复平静的方法：绕着自己的房和地跑步。在跑步的过程中，他慢慢发现了一个真理：自己已经拥有了很多其他人不具备的东西，所以没有必要因为别人的话语或是行为而让自己动怒。

我们每个人都会有脾气，但也要懂得，发脾气不是泼出去的水，水会蒸发得无影无踪，但发泄过的怒火却如插在心头的一根尖刺，不只伤了对方，更伤了你自己！因此，如果我们总是用负面情绪与生活怒目相对，那样的人生只会变得惨不忍睹。

心理失衡只会平添烦恼

一次，开车回家的路上，听到收音机里正播放一段脱口秀节目，男女两位主播“噼里啪啦”地说着有关朋友圈里的奇闻怪事。其中一位男主播说：“有听友打来电话，倾诉说朋友圈里有些人特别奇怪，当你发一些自己特别风光的照片时，他们从不点赞，更不评论，仿佛他们从不看朋友圈一样。但要是你发上一些自己特别悲惨的照片，他们就会突然冒出来，各种关心慰问，或是一番感慨叹息，但是那些话里明显有幸灾乐祸的感觉，越听越让人瘆得慌。”另一位女主播立刻接过话茬：“哈哈，是呢！我其实经常也会有这样的感觉。主要是看到别人也有倒霉的时候，感觉心理平衡很多。”

心里突然感觉有些异样，当我们开始把别人的痛苦当作释放自己负面情绪的出口时，总让人有种难以言说的压抑。

记得前段时间有句话非常流行：你有什么难过的事？说出来让我开心开心！听起来满是戏谑，仔细想想却让人不寒而栗。当我们需要消费别人的痛苦来取得暂时的心理安慰时，这样的现象无疑给我们敲响了人性良知的警钟。

韩愈说：怠者不能修，而忌者畏人修。意指懒惰的人不能提高自身修养，而妒忌的人，则害怕别人修养的提高。我们习惯了在比较中寻找心理上的平衡点，但这种比较并不是你好，我争取做得比你更好，而是你好，我要把你整得不如我好。这种情况在我们熟悉的周围人身上屡见不鲜。

看过一则真实的新闻报道，重庆的小莫今年 27 岁，毕业于某医药专科学校。在一家镇卫生院工作三年来，凭借精湛的医术，小莫很快得到单位同事一致好评，并晋升为业务骨干。然而，就在他春风得意的时候，一位新同事的到来，打破了小莫平静的生活。

那年 6 月，正逢毕业季，镇卫生院为提升医院医护人员的整体水平，新招聘了三位刚毕业的医学院大学生。在他们之中，小枫特别突出，不仅人长得帅，而且工作能力特别强。因为懂电脑，小枫经常被同事们叫去帮忙，而小枫也总是痛快地答应并尽力做好。很快，小枫就成了卫生院里的新“偶像”，这让小莫十分不爽。

而更让小莫窝火的是，小枫和他是一个科室，因为小枫的到来，自己的考核成绩“被迫”后退了，奖金也随之下滑了不少。终于有一天，小莫忍不住了，决定给小枫制造点儿麻烦，抹黑一下小枫的形象。

经过秘密筹划和“踩点”，小莫终于找到一次绝佳的行动机会。一天下午，小枫到县医院领回一箱疫苗。因下班后急着去赴女朋友的约，小枫忘了将疫苗锁进柜子。小莫心里暗想：你也有失手的时候，那就别怪我不客气了。为了实施自己的计划，小莫故意在下班后磨磨蹭蹭很晚才走。看到值夜班的同事们都去病房忙活了，他赶紧将疫苗装进随身携带的皮包里，带出去扔进了河里。

医院有规定：谁领回的东西，丢了就该谁负责！小莫满心欢喜地看着小枫失魂落魄的样子，以为这次终于扳回一局。

然而，令小莫没想到的是，小枫在深刻反思自身问题的同时，赶紧报了警，这让小莫一下子慌了神。但事情既然发生了，一切终归会水落石出。不久，小莫被警方以涉嫌“故意毁坏财物罪”带走了。

所有的同事都忍不住叹息小莫太傻，可谁又没有因为嫉妒而心生怨恨呢？大多数人在看到他人超过自己的时候，不仅不去反思自身问题，反而妄自揣测他人使用了不正当的手段，或是他人走了狗屎运。于是，心里的阴暗面越来越强大，甚至有的人开始铤而走险，企图将他人拉下来。其实，到头来，大多都是偷鸡不成蚀把米，落得个人财两空，别人唾骂。

其实在看笑话的人中，除了因为比较产生的心理失衡，还有内心深处对发生在别人身上的灾难无视的冷漠。

记得鲁迅的小说《药》中有这样一段描写人们围观砍头的景象：“一阵脚步声响，一眨眼，已经拥过了一大簇人。那三三两两的人，也忽然合作一堆，潮一般向前进；将到丁字街口，便突然立住，簇成一个半圆。老栓也向那边看，却只见一堆人的后背；颈项都伸得很长，仿佛许多鸭，被无形的手捏住了的，向上提着。静了一会，似乎有点声音，便又动摇起来，轰的一声，都向后退；一直散到老栓立着的地方，几乎将他挤倒了。”

孟子说：“无恻隐之心非人也。”那么，是什么让一群同宗同族、同呼吸共命运的人围观砍头却依然不能自省？老栓甚至认为吃了沾着别人鲜血的馒头可以治病？其他人在围观别人的痛苦时岂不是连基本的恻隐之心都消失不见了？

当我们习惯于围观别人的痛苦而竟只当笑话或是视而不见时，不知心里是不是会掠过几许的不安和担忧。因为谁又能保证自己将来的某一天不会成为那个被围观的人呢？

朱光潜在其《谈修养》一文中写道，教育家们睁着眼睛看青年堕落，政治家们睁着眼睛看社会秩序紊乱，富商大贾睁着眼睛看经济濒危，都漫不在意，仍是各谋各的安富尊荣，有心人会问："这是什么心肝？"如果我们回答说："这心肝缺乏恻隐。"也许有人觉得这话离题太远。其实病原全在这上面。

当我们眼盯着别人的痛苦而无动于衷，甚而幸灾乐祸时，往往是先在心里给自己设了一个限：我肯定不会走到那样的地步，可是，未来的事，谁又能猜得到呢？熙熙攘攘的人群里，我们永远是那个看风景的人，也永远是那个被看的人。所以，别忘了给自己保留最后的一点良知，怀着悲悯的情怀看待别人，也看待自己！

心理上的不平衡只会让自己的生活更加烦恼，却容易错过真正属于自己的机会！

感谢带给你逆境的人

一个宁静的午后，我以前的学生小静打来电话，声音中略带哽咽：“老师，我现在经常看您的文章，虽然也一直劝慰自己要乐观一些，但我真的快要被我们那位严厉的领导逼疯了。想辞职，又觉得不一定能找到更好的工作；不辞职，又感到每天都要小心翼翼，工作得太累。”

我并不了解内情，所以，只能先是好言相劝，让她把事情的来龙去脉说个清楚。

原来，她刚应聘到一家制药企业的财务科工作。同时被招聘进去的一共有三人，分别被安排到了不同的科室。她在接到通知要去财务科工作时，异常开心，因为其他两名同事所从事的工作与所学的专业并不是完全对口，而自己的专业就是财务会计，在财务科干起来还不是轻车熟路？所以，当人事科小王带她去财务科见董科长时，她兴奋得脚步都有些轻飘飘的。看到她激动的样子，小王忍不住好心提醒了她一句：“董科长特别严谨，所以对工作要求也十分严格，希望你能经受住考验。”

小静的心里满是喜悦，所以并没把这句话听进去。敲门进入财务科时，董科长正对着电脑“啪啪啪”地敲着键盘。她礼节性地同小静握了握手，然后就给小静安排工作，并一一交代小静应该怎么做。

看到董科长笔记本上面面俱到的记录，小静突然想起了人事科小王的忠告。“果然认真！”小静暗自嘀咕。

小静被安排的第一件事，是给其他部门做报表。“这种表还不好填吗？”小静实习时经常填这种表，可等她真的打开表格才发现，数据之多，种类之庞杂还真是需要细心加耐心。等她头昏脑涨地把表格交给董科长时，已是华灯初上，早过了下班时间。她本以为，上交便代表着工作完成，准备收拾东西回家。可刚回到桌前，便听到董科长说：“小静，这样的表格问题太多，所以我们需要返工。”

小静一下傻了眼，如果返工，那得干到几点啊？但既来之，则安之，她作为一名初来乍到的新员工，只能听从安排。董科长来到她的身旁，用一支笔边画边告诉她应该怎样收集数据，怎样把数据填写得更准确，甚至还告诉她怎样才能把表格制作得看起来更加一目了然，大方实用。

其实，虽然小静有各种不情愿，但看到董科长的标注和指点，她还是忍不住产生了一丝敬佩。没想到，董科长只扫了一眼，便已经把需要修改的地方一一点了出来。看来，她对这些表格已经熟悉得不能再熟悉了。

最后，小静也忘记自己修改了多少次，终于，董科长点头表示可以。她在如释重负的同时，心中不免闪过一丝不满。因为就在她改得要吐血的时候，董科长虽然一直在等她，但却是在看些闲书。“为什么不赶紧帮我修改一下，完工之后各回各家呢？”但这些话她最终没敢说出来。

虽然痛苦，但经过这一场惨烈的战斗，小静完全掌握了这类表格如何填写。然而，新的工作接踵而至，比如，写财务分析。这样的活看似简单，但要写得有理有据，有事实有内容，这可不是一件容易的事。虽然有董科长以前的模板作样品，可即便是模仿，也并不能一蹴而就。看着时间一点点过去，她多希望董科长说一句：“我来帮你写吧！”可人家就是金口玉言，什么都不说。幸好，董科长不久有事出去了，可怜的小静忍不住给我拨出了电话。

听完她的描述，我竟忍不住笑了：“姑娘啊，能够遇上这么一位有才华、有准则的领导，你可真是幸运啊。”我能感觉出电话那边的小静明显是震惊加不满：“我还幸运？加班到现在，分析也没写好。这不是要把我逼疯的节奏吗？”

“可是，你有没有想过，如果上次不是她那样逼你，也许到现在你还不能把那类报表处理得标准又恰当。”小静没有反驳。

“她能陪你一起加班，说明她是想帮你。否则，干脆一走了之就可以了，何必等你？”

“也是啊！”小静似乎突然有些开悟了，“老师，你确定她不是想看我的笑话？”她依然不确定。

“看笑话，明天看就行了，还非要一直守着你看不可吗？”我哭笑不得，“人是有惰性的，她现在不插手是对的，否则你很难逼自己成长。现在你静下心来，仔细对照你们科长的分析，也许很快就会有新发现。再说，如果有困难，也可以和她探讨啊，你闷头不作声，人家怎么知道你遇到了什么问题。”

这几句话似乎真的起了作用，电话那头的小静停止了抽泣，突然嬉笑着说：“明白了，老师。就像我妈说的，我这么懒散的人，没人逼着还不得懒成一头猪？我干活去了啊，老师您多保重！”

看到小静的转变，我的心里也一阵轻松。突破就是打破旧我重塑新我的过程，打破和重塑必定身心俱苦，但成长却正是这种过程的不断轮回。我们大多数人更喜欢生活在自己所能掌控的舒适区中，不到迫不得已，不会想起要去更新知识、增长能力，真到了那时往往为时晚矣。

如果你能在工作中恰巧碰到一个逼你成长的人，那你真的是幸运儿，因为每当你想偷懒时，他便会扯扯你的衣角，声色俱厉地告诉你：千万别偷懒，因为我知道你能做得更好！

一笑而过是对背叛最好的惩罚

拥有爱情是甜美的，但有时爱情也会带给人苦涩，比如爱情中的背叛。大多数人在遭遇背叛时，会选择哭闹或者是仇恨。但很多时候，越是不能冷静面对，越说明我们没有真正把这段不幸的遭遇放下。而反过来，当我们不再把这样的经历当作生活中不堪回首的过往时，才说明曾经的背叛早已不再是我们心中的伤疤。

同学白灵最近正在忙着办理出国签证，准备去欧洲一家商学院读书。临行前，几个好朋友给她送行。他们都为她现在的状态感到高兴，也很佩服她能从以前那种糟糕的状态中摆脱出来，蜕变成一位有智慧、有气质的女人。

与所有的女孩一样，白灵从小就做着她的公主梦，期盼着有一天，一位英俊潇洒、体贴入微的王子骑着白马姗姗而来。没想到，这样的梦想并不难实现，白灵毕业参加工作后不久，就遇上了自己的白马王子。那个男孩叫杨光，一米八的大高个，满脸的笑容就如同他的名字一样让人如沐春光。两人的交往非常简单，彼此虽说不是如胶似漆，却也甜甜蜜蜜。两年后，水到渠成，两人结为夫妻。

心性简单，渴望平凡生活的白灵从此便全身心地把所有的爱投入到家庭生活之中。她把家里布置得温馨惬意，偶尔逛商场的时候，总会不自觉地寻找适合杨光穿的衣服。只要合适，不管贵贱，都会一件件地买回家。

白灵一直觉得这就是她想要的生活，而这样的幸福也会一直持续下去。然而，不久之后，她却接到一个陌生的电话，是一个女人打来的。女人的声音趾高气扬，声称自己已经怀孕，让白灵给她让位。

突如其来的消息让白灵差点儿晕倒，就在她扶着椅子坐下不久，杨光满身酒气地回来了。她要求杨光解释清楚，没想到，杨光一下跪在地上，请求她原谅，并说既然已经这样了，他得对那个女孩负责。

白灵很生气，他要对那个女孩负责，那自己呢？白灵举起手，准备一巴掌打在这个曾经口口声声说爱自己的男人脸上。可突然间，当她看到杨光烂醉瘫软的身影后，却收住了手。

这个男人再也不是以前她爱的那个人了。既然情分已尽，白灵决定就此结束。她干净利落地答应了杨光的要求，签订了离婚协议书。房子归她，杨光净身出户。

离婚后的白灵陷入了无尽的空虚中，她突然感觉自己很失败，不想面对以前的朋友，整日足不出户，忧郁难解。她辞掉了那份令许多人羡慕不已的正式工作，卖掉了结婚时的新房，为的是不愿再面对那些旧人旧事。

三个月的时间倏忽而过，一次浏览网站时，恰好看到有组团去云南丽江旅游的“驴友”招募队员。她毫不犹豫地报名参加了，她想给自己一次重新开始的机会。到达目的地后，白灵立即被当地的景色吸引住了，更让其陶醉的是那些琳琅满目的民族服饰和饰品，于是她想到在家乡广州开一家这样的服饰商店，直接从丽江进货。说干就干，回家后她将前期卖房的钱全拿了出来，选了一处特别繁华的街道，租下一家店面，开始经营起来。因为以前白灵也很注重穿衣搭配，眼光很不错，因此，她选的衣服十分受欢迎。开业不久，她就小赚了一笔。尝到甜头的白灵逐渐增加自己的衣服样式，并且出去学习裁剪和缝纫，能够根据客人的要求订制款式。店里衣服的品位和样式越来越创新，慕名而来的人也越来越多。

正当白灵的日子过得红红火火、事业蒸蒸日上时，她又做出了一个令人震惊的决定，她把店里的生意委托给培养起来的一个店长，自己准备出国留学一年。而此时，杨光正经历着生活的困顿，因为工作业绩不佳，面临下岗的困境。白灵知道他的处境后，主动把当时卖房钱的一半通过别人交给了杨光。她慷慨地说，毕竟房子也有杨光的一半，他在困难时，也不能眼睁睁地看着他过不下去。

朋友们皆说她傻，可白灵笑笑说："没有他当时的背叛，我也不会生活得像现在这样多彩。当时，他给了我痛苦，但现在我能找到自己的定位也有他的功劳。我现在早已不爱他了，这样也算是跟过去做个彻底的了结。"

遭遇背叛确实是一件让人闹心的事情，但如果我们能够用一份更加平和的心态看待这件事情，也许会找到更加适合自己的生活之路。最狠的报复不是你伤害了我，我必定要想办法去把你伤得更狠，而是我早已从那样的泥潭中挣扎出来，将那些悲惨过往一笑置之。你曾出现在我的生命里，但你已经不再是我的座上客了。

不是烦恼太多，是你内心不够平和

“常羡人间琢玉郎，天应乞与点酥娘。自作清歌传皓齿，风起雪飞炎海变清凉。

万里归来年愈少，微笑笑时犹带岭梅香。试问岭南应不好？却道，此心安处是吾乡。”

这是苏轼写的一首《定风波·常羡人间琢玉郎》。读到这首词时，心里正一片烦乱。因为工作及家庭中的鸡毛蒜皮，突然有种心力交瘁的感觉。可等我把这首词扫了一眼之后，心头突然一震，下意识地又仔细地一字一句地重读一遍。此心安处是吾乡！多美的回答，多让人钦佩的女子！

遥想苏轼当时正历经政治风波，从边远地区劫后余生回到京城，心中定是一片苍凉。而他的好友王定国也从岭南被召回京城，两人相见，诸多感慨必如壶中的美酒一样绵绵长流。席间，王定国让歌女柔奴劝苏轼饮酒。柔奴眉清目秀，轻笑嫣然，自愿随王定国前往岭南，回来后却丝毫看不出风霜的痕迹。苏轼忍不住问道：“岭南一带皆为洪荒之地，人烟稀少，毒物遍地，相比繁华至极的京城不啻天壤之别。你随他去往那里，是不是有很多不如意的地方？”

柔奴却淡然地回答说：“此心安处，即是吾乡。”苏轼听了，顿时感到十分震撼：这么一个柔婉妩媚的女子，竟有如此洒脱、超然的心境！于是，挥毫泼墨作此词以记之。

我不由在脑中勾画起柔奴的形象，那该是个怎样柔美的女子？是不是满脸淡然的笑？浑身散发着恬静的美？微笑的眼神中是不是能让周围人感受到一种来自心底的安宁？举手投足间是不是都会让人有种亲人的感觉？

虽然我终究不会再得到满意的回答，但从她即便经受了如此曲折的过往，不抱怨，不在意，皆能风轻云淡地一笑置之来看，所有的答案绝对都是肯定的。

我突然忆起了小彤，那个安静的笑容如阳光般灿烂，即使眼盲却依然用爱温暖别人的女孩。

偶遇小彤是在一辆公交车上。外面冰天雪地，车内沉闷无比。一车人挤在一起，各自心事重重地眉头紧锁。我一手拉着车厢内的扶手，忧郁地望着窗外。毕业前夕，各种乱七八糟的事堆在一起，让本来就疲惫的心变得更加抑郁！

突然，车猛地一停，整车人都被晃得东倒西歪。刚才还在尽量保持距离的人们，因为突如其来的急刹车瞬间撞到了一起。互相如隔着一堵墙的两个人顿时一脸怒气地对视了一下，彼此嫌弃地把身子往外挪一挪，仿佛对方就是一团细菌，挨到便会被传染。当然，更少不了嘟嘟囔囔冲着司机去的责骂声。

而我的身边，一位带着四五岁孩子的妈妈，也结结实实地靠在了一边座位旁那位女孩的身上，而孩子的脚更是一下踩在了女孩的脚上，那位妈妈赶紧连声道歉。我本以为会看到女孩圆瞪的双眼和或有或无的骂声，却没想到女孩什么都没说，而是转过头笑了一下，然后站起身，说："不好意思，我眼睛看不见，不知道您带着孩子站在我身边。让孩子坐下吧，我马上到站了。"

我惊讶得嘴都要合不上了，但你再看看那张青春靓丽的脸，却与其他任何漂亮的女孩并无任何差别。更让我难以置信的是她脸上平静的笑容，不卑不亢，丝毫看不出因为看不见的原因带给她的痛苦和不满。

我以为她真的就要下车了，心中竟产生了一丝惋惜，怕是即将错过，再无重逢。可一站一站过去了，她却还是一摇一晃地把着扶手站在那里。只不过，进进出出中，她离后门近了许多而已。我终于到站了，而她，也扶着车门往下走。我不由自主地伸手想搀扶一下，可她摆了摆手，浅浅地笑着说："谢谢，没事，我可以自己来。"

她柔顺的长发被车外的风吹得轻轻飘起，恰似许多只手温柔地抚摸着我的心。因为顺路，我便继续走在她的身边，由衷地赞叹说："你很美，无论是容貌还是内心！"她又笑了，漂亮的酒窝里也漾满了喜悦，俏皮地说："谢谢，这是我听到的最让我开心的话！"

"你这样出行方便吗？会不会不安全？"我还是忍不住有些担心地抛出了内心的疑问。"没事，我已经习惯了。我从很小的时候就因为错误用药失明了，但妈妈说我很幸运，几次与死神擦肩而过，竟然都闯了过来。虽然我看不见，但我可以听啊，还可以说，可以写。"她清脆的、如连珠炮般的话，让我瞬间喜欢上了这个女孩。难得她经过了那么多曲折，依然觉得自己是幸运的。

“你这是要去干什么呢？需要我帮忙吗？”“不用，我时常来这里。这次，是要去给一位出了车祸的小朋友做心理疏导。他自从被截肢就自暴自弃了，可我想告诉他，没有腿的人照样可以环游世界，而像我这样看不见的人依然能够看到整个世界。只要心里有阳光，生活就会充满阳光！”

我望着她脸上具有无限亲和力的笑容，顿时感觉身心得到了升华。

“好美的女孩！”我又一次忍不住感叹起来。然而，她的目的地到了，我依依不舍地站在路边望着她的背影久久不愿离去。

机缘巧合，我竟又有几次与她相逢，更多地知道了她的信息：从小失明，但坚强的父母从未让她的世界缺少阳光。而她，也一直用积极的行动回应着父母的付出。她开朗乐观，纯洁善良，更难得的是，她从不抱怨，内心如风平浪静的湖面。如今，她已经在一所特殊学校读大学了，经常在业余时间做些公益活动。因为她说：“我喜欢听到别人开心的笑声！这个世界这么美好，不能让阴霾占据整个心灵！”

我时常暗自思忖：这样的女子怎能不让人喜欢？！

心安的女子定是内心特别强大的人，她能够接纳自己的不足，也能够接纳周围人的不足。她总是看到生活中积极的一面，即便被这个世界刻薄对待，却依然用那颗热情的心温暖着整个世界。

善待他人就是善待自己

我们每一个人，只要降生在这个世界上，就开始了与周围人的亲密接触。哪怕平时深居简出，要想生存，也会与他人保持着千丝万缕的联系。如何才能与别人和谐相处，形成一种融洽共生的氛围？最好的办法便是用一颗宽容的心善待他人。

而有的人却不是这样，他们总觉得属于自己的东西必须为自己独有才会开心，殊不知，反而是搬起石头砸了自己的脚。

一个农民在某地买来了一种新的小麦种子，据说这种小麦产量很高。邻居们听到消息后，都纷纷向他打听小麦的有关情况以及出售种子的地方。农民担心大家知道后都种这种小麦，而使他失去竞争的优势，就一再推脱而不愿告诉别人。邻居们买不到这种优质小麦，就只好种原来的老品种。谁知收获的时候，农民的小麦并没有获得预想中的丰收，和邻居们的小麦产量也没有什么两样。

他百思不得其解，就去请教一个农学家。经过专家的分析，很快查出了小麦没有取得高产的原因，由于农田相隔很近，他的优质小麦接受了邻居们普通小麦的花粉，从而造成了减产，农夫听了后悔莫及。

这个故事中的农夫就如在拥挤的车流中互不让路的司机一样，当你觉得礼让他人是一件耻辱的事情时，离你自己吃亏也就不远了。

而楚王脱帽的故事则从另外一个方面告诉我们，善待他人总会得到意外的回报。

春秋时期，楚王请了很多臣子们来喝酒吃饭，席间歌舞曼妙，美酒佳肴，烛光摇曳。同时，楚王还命令两位他最宠爱的美人许姬和麦姬轮流向各位敬酒。

忽然一阵狂风刮来，吹灭了所有的蜡烛，漆黑一片，席上一位官员乘机揩油，摸了许姬的玉手。许姬一甩手，扯下了他的帽带，匆匆回到座位上并在楚王耳边悄声说："刚才有人乘机调戏我，我扯断了他的帽带，你赶快叫人点起蜡烛来，看谁没有帽带，就知道是谁了。"

楚王听了，连忙命令手下先不要点燃蜡烛，同时大声向各位臣子说："今天晚上，我一定要与各位一醉方休，来，大家都把帽子脱了痛快饮一场。"

众人都没有戴帽子，也就看不出是谁的帽带断了。后来楚王攻打郑国，有一健将独自率领几百人，为三军开路，斩将过关，直通郑国的首都，而此人就是当年揩许姬油的那一位。他因楚王施恩于他，而发誓毕生效忠于楚王。

在这个故事中，楚王因为没有追究将军的责任，从而收获了他的忠心。其实，楚王本来完全可以大发雷霆，以示自己的威严，但他却在思量之后，选择了隐忍不发，一是这件事情不是一件关乎国运的大事，二是有些事情仅凭一面之词确实难以看清事情的真相。而也正是楚王的冷静和宽容，让那位做错事的将军感恩不尽，并最终决定用自己的行动回报楚王。

无独有偶，石油大亨洛克菲勒年轻时也曾遇到过这样的教诲，所以一生都把善待别人当成生活的座右铭。

洛克菲勒年轻的时候到处流浪，一天，他来到了距离家乡很远的一个偏僻小镇。在这个小镇上，洛克菲勒结识了镇长杰克逊先生。杰克逊先生已经年过五旬，是一个性情和善、性格开朗、为人热情的老人。

洛克菲勒住的小旅馆就离镇长杰克逊家不远。而镇长也对这个孤身一人住在镇上的小伙子照顾有加，每次两人相遇时，镇长总会关心地问问洛克菲勒是否有什么需要帮忙的地方。而只要洛克菲勒开口，镇长和他的夫人便会尽其所能地帮助他。有时，甚至会为他送去许多可口的点心。洛克菲勒十分感激，但因为没有自己想要学习的项目，他还是决定要离开这个小镇。

就在他决定离开的前夕，小镇下起了连绵的小雨。洛克菲勒不得不继续留在小镇，心里不停地咒骂着这鬼天气。

镇长家门前本来有一片非常漂亮的花圃，但因为下雨之后，路比较难走，不知谁家的孩子把那片花圃里面的花都给踩得七零八落的，惨不忍睹。洛克菲勒忍不住为此感到气愤不已，也不禁替镇长感到惋惜。但就在那天下午，他发现那些被踩乱的花圃已经被切分成两半，中间铺起了一条小路，这样，那些想走近路的人就不会再踩坏花圃了。

雨过天晴之后，这块花圃成为大家非常喜欢光顾的地方，也有人贡献出更多的花，让小花圃变成了小花园。

花圃再也没有被踩踏过，那条路也被热心的人铺得更加平整。镇长用爱心赢得了别人的尊重和理解，别人也用爱心回馈着镇长的付出。洛克菲勒最后还是离开了这个小镇，不过从此之后，他记住了一句话：善待别人就是善待自己。而正是这一句话，让他在此后的工作和生活中，始终保持着与人为善的习惯，而这，也为他赢得了更多的信誉和难得的商机。

其实，从这些故事中，我们不难看出，善待别人就是善待我们自己。不愿意对别人付出任何关爱的人，也永远都体会不到来自他人的友情和温暖。而那些胸襟开阔的人则始终生活在幸福和关爱之中，这些幸福和关爱既来自于别人，也来自于我们自己。

善待他人就是善待自己。因为只有我们对别人宽容和鼓励，才能换取别人对我们的爱和善意。

珍惜生命中的每一天

每当说到生命的珍贵，我们总能想到这样一个比喻：如果把生命比作 1，而其他的诸如名誉、金钱、地位……均为 0，那么我们的生活便是 1000……但如果前面的 1（生命）不幸消失，那其他的一切将瞬间归零。

这个比喻之所以耳熟能详、尽人皆知，无非是因为它形象地诠释了生命的重要性。而身边经常发生的天灾人祸更是一次次地用血淋淋的事实提醒我们：生命易逝，且须珍惜。

于是，我们似乎找到了人生的真谛：唯有纵情享乐，方能不负这人间万物。因此，我们毫无节制地吃、毫无节制地玩、毫无节制地做任何自己认为畅快却不顾及别人感受的事。

可这真的是珍惜生命的表现吗？不，这不过是曲解了生命珍贵的含义。

生命珍贵，所以我们不能随意糟蹋自己的身体。这就意味着，我们的饮食起居皆需节制。

我爷爷活到 93 岁才去世。直到去世前，他每顿午饭都会喝一小酒盅白酒，从不多喝。一次，爷爷多年未见的表弟来看他，他一时高兴，喝得多了点儿。酒醒之后，他为此懊恼了好多天。我很是不以为然，劝他说："有什么大不了的，不就多喝了一点儿嘛！"没想到，爷爷叹了一口气说道："你还小，不知道深浅啊。吃多了、喝多了浪费粮食，身体也遭罪。身体上的器官很脆弱，最需要我们好好呵护。我们对它好，它都知道的。你现在糟蹋它，等你老了，它不罢工才怪。"虽然当时的我还有些懵懂，对爷爷的话似懂非懂，可现在想来，多睿智的老人啊！这样的人怎能不长寿？

如今，吃饭早已不是问题，各种美食摆满餐桌。我们在大快朵颐之后，却常常忘记如此暴饮暴食会带给身体多少负担。获取信息也不是问题，各种新闻资讯充斥耳边。刷微博、刷微信，我们在网络的世界里畅游的同时，却忘记透支的身体总归是要还的。纵观社会各色人等，年纪轻轻，却已是疾病缠身的大有人在。

生命珍贵，所以我们不能随便浪费每一寸光阴。这就意味着，我们要勿忘初心，用生命中的每一分、每一秒让自己成长。

我把这样一段话打印之后贴在了书桌前的墙上：时间是最公平的资源，活一天就拥有 24 个小时。你浇灌在哪里，哪里就可能长出灿烂的花朵。你每周读一本书，十年就是 520 本 ，你就可以涉猎百家。你每天写 500 个字，十年你就可以著作等身。你每天发呆，十年就变成呆子。你每天狂吃，十年就变成胖子。这个世界，没有偶然。

如此浅显的道理，现在看来却又是如此深刻。人的一生，除了吃喝拉撒睡，所剩的时间寥寥无几，而很多意外又总会不期而至。那么，请问：怎样才能让我们在不得不闭上眼的时候，了无遗憾呢？

答案肯定是：认真地度过生命中的每一刻。

能够来到这个世上，我们都是幸运儿。即便我们只是如草芥一般的芸芸众生，也总该活出自己的精彩。这样的精彩不是沉迷于游戏不可自拔，不是吃喝玩乐纵情享受，而是心灵的成长，精神的愉悦。

生命珍贵，所以我们不能辜负爱我们的人和我们爱的人。

这就意味着，我们要珍惜和相爱的人在一起的时时刻刻。

生而为人，都会渴望爱与被爱。那么，爱是什么？爱是一种情感的体验，它让你感到身心舒畅，对生活充满热情。它更应该是一种精神上的需求，心理上的依赖。然而，很可惜，在今天这浮躁不安的生活中，爱却被物化成了一种生理和物质需求。

我们爱家人，却总是借口很忙，抽不出时间陪他们。且以为物质补偿便是最好的爱，直到生命的时钟滴滴答答地开始倒计时，才突然醒悟：他们最需要的，不是金钱，而是陪伴。

一位老大爷罹患重症，已至晚期，医生预测他最多还有一年的时间。看到妻子满眼含泪地忙里忙外，躺在病床上的他感慨万千。回想起自己的前半生，为了工作，陪伴妻子的时间竟然少得可怜。如今，孩子们都已长大成人，各自有了家庭。如果他再撒手人寰，妻子将会是多么孤独。再三思考后，他决定放弃治疗带着妻子出去旅游，把她想去的地方一一走遍。尽管所有的人都表示反对，他却异常坚持。旅行的过程并不轻松，但妻子的笑容让他忘记了病痛的折磨。一年的时间到了，死亡的通知书并未来到。直到两年后，他才在旅行的最后一站溘然仙逝。珍惜当下的每一天，让自己的生活过得更加充实而有意义！

第五章

你若盛开，清风自来

真正的美来自内心的强大

与先生一起散步，路边一个长发飘飘气质出众的美女姗姗而过，我们都不由转头追随她的身影走出好远。我甩甩头问先生："怎么样？"他似乎有些不好意思回答，没有作声。看到他有些窘迫的样子，我忍不住笑了："这有啥难回答的，漂亮就是漂亮嘛，我也觉得她很漂亮，也想多看几眼呢！"

不是我故弄玄虚，而是事实本就如此。美不会因为性别的差异而变得不美，因为即使同性别的人也同样能感受到美的存在。

可每次说到这个事情，总会引来不同的声音，甚至有的朋友会不屑一顾地反驳：美给谁看？即使再美有什么用？还不是让别人一饱眼福而已，自己能得到什么？

这倒一下提醒了我，让我突然开始思考起这个问题：把自己打扮得美美的，在给别人以美的感受之外，自己到底得到了什么？而我们究竟是在美给谁看？

不想不知道，一想还真吓一跳。美真的只是给人带来感官上的享受吗？不，那是一种由内而外透出来的自信，它让我们在困境中依然向往阳光的明媚，让我们在人生的泥泞中依然可以活得惊艳四方。

有很多关于大家闺秀的故事看过也便忘记了，但有关民国时期“上海最后的贵族女子”郭婉莹的故事却一直记忆犹新。她的一生恰似一个U字形，从最初尊贵的郭家小姐，到凄风苦雨中被迫劳动改造的“右派”，再到平反后优雅的大学教师。无论哪一个阶段，她都把自己活成了一道风景。而最难能可贵的是，即便在最残酷的环境中，她依然不忘尽可能把自己收拾得干净而体面。“即便去刷马桶，她也要穿着优雅的旗袍。没有烤箱，她用饭盒也要蒸圣彼得堡风味的蛋糕。没有茶具，她用搪瓷缸子，也要天天喝自制的下午茶。”朋友问她：“都这样了，你怎么还那么讲究？”而她回答：“因为，这才是人的样子。”

是什么让她在食不果腹的岁月中，依然坚持要活出“人的样子”？是一种对美的坚持，对人生的不屈服。如此看来，人生其实就是一面镜子，当我们以一种昂扬的姿态面对生活时，镜子里的影像便也表现出不一般的亢奋。而这种由内而外呈现出来的美，往往首先表现在人们对自己外在穿着的讲究上。

郭婉莹就有着这样的一种美，她就是美的代名词，她用一生赋予美坚毅和安宁。那么，她在美给谁看？毫无疑问，她在美给自己看，却惊艳了围观的人。

还有另外一种美，它是从外向内渗透的，虽然美得不那么耀眼，却能改变一个人的性格，甚至人生轨迹。就如我小时候的玩伴——燕子。

燕子是个苦命的孩子，因为家贫，母亲在她很小的时候便离家出走，再也没有回来。她那老实巴交的父亲虽十分疼爱她，却也没有能力打扮她。所以，从小她对穿的要求便是有衣服即可。但年岁渐长，初中时，同龄的孩子都开始爱美，经常叽叽喳喳地评论刚买的新衣服。每当这时，燕子总是小心翼翼地绕着小伙伴们走，自卑的心理就像春天刚钻出土的小草，慢慢地生根发芽。她觉得自己似乎低到了尘埃里，人生的希望渺茫得如天空飘荡的白云。

看到燕子日益憔悴的脸，班主任王老师有些心酸却又无能为力。因为王老师深知，与极度的自卑相伴的便是极度的自尊，但热心的王老师还是想到了一个好办法。

一天中午放学后，王老师把燕子叫到办公室，递给她一件新衣服。她不接，王老师笑了，说："拿着吧！我买错了，我家女儿穿着小了，人家又不同意退换。我看你穿正好，这么好看的衣服，放着挺可惜的。"燕子的心里突然一亮，似乎找到了接过衣服的终极理由。

看到镜子里漂亮的身影，王老师忍不住啧啧称赞，燕子也被镜子里的自己惊住了。原来自己可以这样美！

似乎只是为了配得上身上的漂亮衣服。燕子像变了一个人，勤奋地学习，主动参加班里的活动。多年后，她也成了一名教师。她每年都会去看望王老师，说是王老师让她知道自己原来可以那么美，给了她生活的勇气和希望。

我曾调侃地问她想美给谁看，她潇洒地一甩头，说：当然是美给帮助自己的人看，因为我想证明他们没有看错人。

从当初的自卑到现在的自信，我看到了燕子从内心深处透出的强大。真正的美丽不是把自己打扮得多么妖艳，而是一种由内而外透露出的对生活的追求和向往，是一种由内而外表现出来的坚持和对自己人生负责的态度，也是一湾能由外而内带给自己生活勇气和力量的活水。

淡定是修炼出来的

“吱呀”，门开了，斐儿笑着走进了办公室。

“你的资料！”她边说边把资料放在了我的办公桌上。

“怎么看着你这么清闲？你的工作日志已经写完了？”我一边奋笔疾书，一边抬头问斐儿。

“嗯，早完成了。功夫在平常嘛！”她边说边转身往外走，“快忙吧，不打扰你了。”

我一直在纸上龙飞凤舞个不停的笔突然不知如何摆动了，这才发现胳膊早已酸疼不已。

“功夫在平常！”我默念着斐儿的话。

是啊，我曾经一度十分羡慕斐儿的小资生活。你看她平时生活悠闲自在，瑜伽、烹饪样样在行，外出旅行度假一样不少，但工作竟然也能做得有声有色。我曾经一度以为，她能如此，不过是她先生十分支持她，因此给了她足够自主的时间罢了。

然而，最近我才慢慢发现：我真的想错了。斐儿能够生活得不慌不忙，淡定从容，是因为她能一直认认真真地走好脚下的每一步。而我所谓的忙碌，也不过是把需要做的事情累积成山之后才做的结果罢了。

由此看来，淡定，是一种思想境界，是一种心态，更是一种生活状态。但这份淡定却并不是天生就具备的，需要经过长期的修炼和时间的沉淀。

2016 年 8 月的一个午后，听到电话铃响的我兴奋地接起电话，却听到朋友沉闷的声音。原来，他本以为很快就会搞定的项目陷入胶着状态，迟迟无法攻克。前期已经投入大量的人力财力，目前却感觉举步维艰。且不说之前的投入是否会打了水漂，长期的拉锯战中，人在精神上的持续消耗就不是一般人能够支撑得住的。

我很理解他的心情，因为我和他一样，也正好处于这样一个爬不上去，却又不想后退的阶段。每日一文的状态已经坚持了差不多五个月，文章写了很多，粉丝也积累了不少，但写着写着却产生了一种后继乏力的感觉，写作水平似乎进入了瓶颈期。尽管已察觉到有缺陷，却难以找到问题所在，更不知应该如何突破。于是只能像只无头苍蝇，东一头西一头地寻找着撞破牢笼的方向，可头都已经撞晕了，却依然在原地转圈。

焦躁之余，偶尔也会清醒，彼时，便不免自嘲一番：如果能那么简单地找到解决办法，岂不是每个人都成了作家?

话虽如此，但走到这样一种境地便自行放弃的经历早已不是一次两次。而现在，不想继续的念头又开始占据上风。

当一个人纠结的时候，估计他脑袋里的细胞也会乱而无绪。那天晚上，本来到了写稿的时刻，可头脑中依然空空如也。想到明天早晨即便早起，也有可能一无所获，心情愈加烦闷。

一横心，决定明天暂时停止更新。闪现出这个念头时，突然被自己吓了一跳，竟不知接下来应该干什么了。随手打开电视，杂乱的心绪却被闯入眼帘的一幕场景深深震撼。满屏美丽的蝴蝶正舒展着双翅翩翩飞舞，美轮美奂的画面牵动起身体的每一根神经随其舞动。

正欲沉浸其中，画面突然切换，镜头移到一只正在努力挣脱残壳的蛹上。那只还有些透明的身体使劲蜷缩起来，蠕动着慢慢往外钻。我的心也不禁随着它身体的颤动而一揪一揪地疼起来。没有外力可以帮助它们敲碎那层坚硬的壳，此时，唯有自己才是自己的天使。它在黎明前痛苦地挣扎着，用尽全身的力气努力把娇嫩的身子从那个已经僵硬的躯壳里一点一点挣脱出来。

终于，它成功了。羽化成蝶，腾空而起的那一瞬间，它用力扇动翅膀，周围的空气似乎都被其搅动，幻化成一股气流，托起它轻盈的身体。它自由了，追随着同伴享受着另一种新生的喜悦。然而，终究不是每一个蛹都可以成功，还有很多死在了蜕变前的那一刻。因为丧失了挣脱束缚的最后一点儿力量，所以，最终被困在了那个死亡的壳里，静等生命结束的时刻。

而我呢？难道又要在这举步维艰的时刻选择放弃？过去的岁月里，我放弃了喜爱多年的书法，放弃了一度钟爱的翻译，放弃了曾以为会坚持到底的命题式写作。现在想来，在那些艰难的时刻，我首先想到的全是放手，可退回原地后，就变得轻松了吗？不，一种莫名的惆怅会让人更加坐立不安。那种感觉就如有一根毛茸茸的狗尾巴草，轻轻地撩拨着我想静又静不下来的心，片刻不得安宁。

不能再重复那段路，虽然暂时遇到了困难，可生活不就是这样吗。我从书里看到了想看的世界，我又把自己的思想化作文字与喜爱它们的人共享，而这种情感的交流和释放让人特别满足！

再回首过去，多次失败的经历其实已经明确地告诉了我一个真理：不管走哪条路，都将无可避免地走到这样一个无路可走的境地。

当我们初次踏入一个领域，一切都很新鲜，学一点儿就能进步一点儿，每天都有收获的喜悦会让我们暂时忘掉烦恼。这时，便会忍不住沾沾自喜，似乎成功的曙光就在眼前。

然而，走到半山腰，我们才发现，近在眼前的山顶竟然还是那么遥远，而此时，我们的力气已经用掉大半。环顾四周，与我们同行的人越来越少，可他们的本领却越来越强，我们丧失了先前的优势。力量和自信沉入谷底，身心俱疲的感觉趁机袭上心头，很多人就是“死”在了这前不着村、后不着店的地方。据说，这就是传说中的黎明前的黑暗。

“看似寻常最奇崛，成如容易却艰辛。”每一段在旁观者看来风轻云淡的日子，其实都隐藏着这样一段举步维艰的岁月，而每个人的人生不都是在如此的悲喜交替中翻过了一个山头又一个山头吗？

每个山头的风景都别有韵味，但攀登的过程却大同小异。每当走到这段充满矛盾和痛苦的境地，亲爱的朋友，恭喜你，这说明你离“会当凌绝顶，一览众山小”已经越来越近。所以，别慌，找准自己的节奏，你看，远处山峰上那片旖旎的风光便是为你而留！

在风浪和考验面前保持淡定是每一个平常人都羡慕的，但这并不是凭空就能达到的境界，需要我们在经历过大风大浪之后才能有所领悟，才能获得不一般的身心收获。

把生活过成别人羡慕的样子

与朋友逛街到中午，有些饿了，看到路边有人在卖鸡蛋灌饼，便决定暂且买个充饥。卖鸡蛋灌饼的小伙子正忙得不可开交。他一边招呼着过来的客人，一边不停地和面、擀皮、烙饼、放菜、卷饼、放进纸袋。一系列的动作麻利、爽快，看得出，这套动作他早已掌握得十分娴熟。两个动作之间衔接得天衣无缝，似乎已经不需要经过思考便可以顺手完成。

“大姐，您要哪种？”终于轮到我们了，小伙子把其他客人的饼递过去，一边又开始和面，一边问我们。

“都有什么？”朋友问。

“肉有烤肠、火腿、里脊肉，菜有土豆丝、生菜和黄瓜。只要一种肉的四元，两种肉的五元，您可以自由搭配。”小伙子像相声里报菜名的演员，一口气把需要说的内容说得清清楚楚。此时，小伙子手里的活依然没停，饼差不多已经烙好。

当我们说出我们想要烤肠和土豆丝的时候，小伙子迅速地把两样东西放进刚烙好的饼里，卷起，放进纸袋递给了我们。整个过程不超过一分钟。

“钱放在塑料箱里就行。”小伙子一边继续着手头的活，一边抬着下巴颏指向旁边的塑料箱。

“刚才那小伙子可真利落，卷一个饼最多不超过三分钟。”我一边走一边感慨。

“是呀，我听人说，他一天能赚一千多元。你看，做这个可真是暴利，又自由又赚钱，比咱们上班要好多了！真羡慕他啊！”朋友的语气中明显带着嫉妒。

“那如果让你干这个活，你愿意做吗？”我反问道。

“哈哈，不知道。如果失业了，也许会做。”朋友嬉笑着打着哈哈，真不知她这个“也许”能有几分可能。

这已经不是她第一次羡慕别人的工作。之前，她已经无数次羡慕过开超市的、卖衣服的、卖化妆品的，反正几乎她买什么就羡慕那个卖东西的人。当然，她更羡慕那些呼风唤雨的大人物，但因为那些人毕竟离我们太远，所以常听她碎碎念的还是身边的这些普通人。

于是，我数落她说：“你呀，就是光看见别人赚钱，没看见别人受累。你看，他动作那么熟练，还不知之前练了多少年。况且，除了赚钱，我听到最多的却是他们都是凌晨三四点就起来准备白天用的材料，一站就是一天，腿都得了静脉曲张。”

“好好好，我不羡慕了还不行？反正就算赚钱再多，我也做不了。”朋友的想法转得倒快。

我们大部分人真的特别喜欢羡慕别人，有时羡慕别人的另一半温柔体贴，精明能干；有时羡慕别人的孩子听话懂事，学习从不让人操心；有时羡慕别人的工作自由轻松，赚钱还多。

在我们的眼里，别人的生活是那么美好，似乎不需要任何的付出和努力便唾手可得。可真要我们去做的时候呢？大概我们羡慕的只是别人光鲜的一面，却自动过滤了所有努力的成分。

其实，总是羡慕别人是一种病。因为当我们把眼光聚焦在别人身上的时候，就容易忽略了自己的存在。但别人的好与我们无关，我们最需要做的，是一天一天不断地努力，把自己的生活过成我们所羡慕的样子。

而有些人，他们把羡慕默默地放在心里，从心生羡慕的那一刻起，便立志成为心中所想的样子。这样的人总是很清楚地知道自己要的是什么，心无旁骛地干着自己的事情，从羡慕别人活成了被别人羡慕。

读研时，我去山东师范大学找同学玩。但她正好有课，需要先去上课。我反正闲着没事，便决定也去旁听。很幸运，我听到了一次生动的人生教育课。

上课的老师是位中年人，据说他已经被破格提拔为教授，原因是他热衷于研究，写了许多特别有影响的论文。

上课伊始，他并未直接切入要讲的课程，而是给学生们讲起了自己的故事。

他是农村家庭出来的穷孩子，但从小就喜欢读书、写作。中学时，因为学习好，有一次，他被奖励随老师们一起去了趟济南，而恰好行程中就有山东师范大学。走在大学的校园里，看着古树参天的树荫下有人在读书，有人在散步，安静祥和的感觉竟然让他激动得热泪盈眶。

“真羡慕这样的生活啊！”他在心里感叹着，“我一定要考上大学，成为走在校园里的读书人。”他默默地告诉自己。

然而，生活总是给人意想不到的羁绊。虽然他学习十分刻苦，成绩也一直名列前茅，但高考时，他却意外得了肠炎。上吐下泻的他虽然强忍着疼痛参加了考试，但成绩却并不理想。如果选择继续上，便只能上中专，而如果选择重读，家里的负担又太重。犹豫了许久，他还是选择了上中专。

中专的生活比较惬意，但这不是他想要的生活，他还想继续深造。中专也可以考大学，但概率很小，全校四五百人也不过要四五个人。然而，只要有名额，就有希望。他早起晚睡，把别人谈恋爱、打游戏的时间全部用在了学习上。生活永远不会亏待有目标且为之不断努力的人。这次，命运没再同他开玩笑，他以理想的成绩考上了山东师范大学。他所羡慕的生活最终成为自己的生活。

他说，他讲故事的目的并不是要我们按他的路子生活，而是希望我们不要总是“单纯”地羡慕别人的生活。如果真的羡慕，就努力成为那样的人；如果只是想想，那还是放弃幻想，先把自己眼前的工作做好吧。

看到更好的人，羡慕是人之常情。因为羡慕本身也许并不是一件坏事，但当我们把羡慕当成日常中必不可少的事情，动辄便是：你看，那个谁谁谁真好啊，真羡慕他！时间久了，心态会变得越来越扭曲。

我们所需要的，不是只停留在口头上的“人家真好”，而是用实际行动去做成“我也很好”。朋友们，你说对不对？

顺其自然总在拼尽全力之后

每当遇到无法解决的问题，我总会劝自己说："既然已经这样了，我也没办法，顺其自然吧！"似乎说完这句话，我便对这件事情到底能不能解决没有了任何责任。久而久之，这竟慢慢变成了一种习惯，不管以前有没有努力，面对不太顺利的事情，便用"顺其自然"劝慰自己。

后来，我发现，这原来并不只是自己的独家专利，很多人竟然都喜欢用这个词为自己的失败开脱。我恍然大悟，看来这个词对不管因为什么原因失败的人都挺管用，就像是抓了一把止疼药撒在了流血的伤口上，瞬间就可以把受伤的心麻醉，痛感也随之降低了很多。

能在痛苦中给自己安慰，确实是一剂良药，所以我们也就逐渐把这当成了生活中必不可少的一味药，时不时拿出来给自己点儿心理安慰，却很少反思，即便是要追求顺其自然的结果，也须是经过了努力才会无悔。而对此事的领悟，在我读过《了凡四训》之后，变得更加透彻。

《了凡四训》中，袁了凡在慈云寺偶遇孔先生，为其占得一卦，算其仕途畅达，且连某年某月参加什么考试，考取什么名次，皆一一告之；后又对其一生的吉凶说得明明白白，直到 53 岁那年的 8 月 15 日的丑时，会在自己的床上逝世也做了预测。而从此以后，凡是遇到考试，所得名次，都与孔先生所算一模一样，所以袁了凡对孔先生的话深信不疑，对自己的一生也算是了如指掌。

后来，出现了一点小插曲：孔先生算命时说，袁了凡在领取到官府九十一石斗廪米时，就能按资历到京出贡选职，但现实情况是，他在领取到七十一石时，就提前被批准出贡了。可这一点小小的差异并没有让袁了凡不再相信人生皆是命中注定，而是从一件小事上找到了根据。因为后来他才得知，出贡的文书被驳回，终至领取到九十一石时才最终出贡。从此之后，袁了凡越发相信“进退有命，迟速有时，澹然无求矣”。

他不再追求进步，整天静坐，不看文字。进入南京的国子监前，袁了凡去栖霞山拜访云谷禅师，与他在一间禅室中相对而坐，三天三夜不合眼。云谷禅师颇为惊异，问袁了凡：“普通人之所以不能成为圣贤之人，都只因有过分的贪念纠缠。你坐了三天，却没有起一丝贪念，这是什么缘故呢？”袁了凡说：“我的一生皆被孔先生算定，还有什么可想的呢？”云谷禅师大笑：“我把你当英雄豪杰，原来你也不过是凡夫俗子而已。”

袁了凡赶紧询问此话怎讲，并疑惑地问：“难道顺其自然不就是人生真谛吗？”云谷禅师说：“人不能有过分的贪念，但也不能以命中的定数来拘束自己。人的命运其实是由我们自己设定的，福也要向自己来求。当然，要想求得应有的福报，需要不断地自我反省。努力把自己存在的错误一一改进。从前的种种行为，就好像昨日已死；今后的种种行为，就好像今天的新生。”

云谷禅师的一番话让袁了凡顿悟到修身立命的学说“命由我作，福自己求”，便不愿再落到凡夫俗子的旧路上，当日即改号为“了凡”。此后，更从以前的悠闲轻松、放任自流改为小心谨慎、心存危惧。按照云谷禅师的教诲学着宽容，学着和谐友爱，学着爱惜自己的身体，学着珍惜自己的时间。

到了第二年，礼部举行科举考试，孔先生算其应该为第三名，他却突然考了第一名，并中了举人，孔先生的话终于不再灵验。

后来，袁了凡日益勤勉，也更加严于律己，孔先生所算定的许多事情也都奇迹般地不再如先前那般准确，全都发生了翻天覆地的变化。

袁了凡因为预先得知了自己一生的轨迹，并在对比中发现竟然无一例外的应验后，便放弃了改变自己和努力上进的想法，得过且过，再无所求。若说人生至此，生命的乐趣几乎荡然无存。

但与云谷禅师畅谈后，他才如醍醐灌顶，明白人生之要义并非顺其自然，而是要时刻反思，不断改进。有些本来看似注定的事情，在持续努力的过程中，往往会发生质的改变。

人们常说“尽人事，听天命”，很多人都把重点放在了“听天命”上，却忘记必“尽人事”在前，才会有“听天命”的畅达。

由此可见，不论做什么事情，须先自己尽力之后，才可问心无愧地告诉自己：顺其自然就好！

有一种智慧叫作吃亏

社会上流传着这样一句话："吃亏是福。"实际上，这句话出自清代著名书画家、文学家郑板桥。郑板桥一生坎坷，但他时刻把"难得糊涂"和"吃亏是福"这样的理念装在心里，最终成就了自己不同寻常的人生，成为后人敬仰的楷模。

其实当时郑板桥说出这句话还是因为一件很闹心的事。一天，郑板桥收到了一封弟弟郑墨的来信。郑墨一直在家务农，老实本分。但这一次，郑墨却因为邻居的无理取闹而特别生气。原来，郑家与邻居家的房屋共用一墙作为隔断。现在，郑家想翻修老屋，把这堵墙也顺带翻修一下。但邻居怎么也不同意，说那堵墙是他们祖上传下来的，郑家无权拆墙。但实际上，两家早有契约，墙是郑家的。邻居不光不让拆墙，还恶人先告状，把官司打到了县里。现在还没有结果，可郑墨越想越生气，咽不下这口气，便给郑板桥写信，希望哥哥能出面，这官司就肯定能赢了。郑板桥虽然心里也不舒服，但他考虑再三。给弟弟写了一封信，随信寄去了一个条幅："吃亏是福。"还给弟弟另附了一首打油诗：

千里告状只为墙，让他一墙又何妨；万里长城今犹在，不见当年秦始皇。

郑墨明白了哥哥的意思，决定不再为墙而争。而邻居因为自己的胡搅蛮缠被同乡人所鄙视，也不好意思再闹下去，撤回诉状，不再生事。

吃亏是福，生命中吃点儿亏算什么？吃亏若是能换来非常难得的和平与安全，能换来身心的健康与快乐，吃点儿亏又有什么关系呢？而且，许多人眼中的吃亏不过是失去了一时的眼前利益，而人生的价值不是体现在某一件事上，而是散布在生命中的一点一滴上。

我老家的亲戚忠明人非常老实，出门打工前，一家人都特别为他担心，怕他在外面人生地不熟，他又不会耍心眼，万一被人欺负了，岂不是要吃个哑巴亏。但忠明却说：自己老实本分地做事，不会有什么事的。就是吃点儿亏又能有什么，反正自己一身的力气，只要能给家里赚来生活费就行。家里人拗不过他，就没再劝阻。

而家里人此后的生活竟因为忠明的打拼而变得日益富足。邻居们都很羡慕，纷纷打听忠明在外是不是发了大财。春节回家时，借着酒劲，朋友们都忍不住提出了自己的疑问。忠明笑了，说："我哪儿发什么大财了，不过是人家照顾老实人罢了！包工头看我做事实在，总把些关键的活让我干，比如收发料、管电机、验验土方什么的，其实，这些活都轻巧，不但累不着，工钱还一样拿。"朋友们似乎都不太相信，接着追问："这些活能做多久，如果这样的活都干完了呢，不可能让你闲着没事干吧？"

没想到忠明竟然得意地笑了起来。"就是因为大家都太想占便宜了，反而经常把最好干的活漏给了我。一次挖沟，宽一米深一米的大沟，长度每人 20 米。别人都老早去抢占地段，拣好挖的地段挖。我不抢占，谁知道哪里好挖？那些滑头们先后拣了较低凹的地段，最后把一段高岗子剩给了我。哪想到一锹挖下去才明白：那些低凹的地方都是汽车轮子长期轧过的，而我挖的那一段，连人脚都没踩踏过，土层松软着呢。结果，他们两天没干完的活，我不到一天就干完了。”

满者损之机，亏者盈之渐。郑板桥流传下来的“吃亏是福”这一句至理名言，虽然经过漫长时间的洗涤和锤炼，但对于现在这个以利为上、喧嚣浮躁的社会，却依然能够适用。

与人为善，就难以避免要学会吃亏。能够吃得了亏的人，其实是有格局、有智慧的人。这样的人不去计较眼前的蝇头小利，不去在乎表面上的吃亏与否，而是从大局出发，从长远出发，他们貌似在吃亏，实质上却是一种真正的大智慧。

别让“红眼病”影响你的生活

一个人的不幸，是从羡慕别人开始的。若你总是试图变成想象中的某个人，难题就来了。可事情的真相往往是我们喜欢在比较中生活，喜欢把自己所谓的幸福以别人的不幸为基础来衡量。这样眼盯别人的幸福总是心有不平的情况被人们俗称为“红眼病”，因为他们最看不得别人好，却从不想办法先把自己的日子过得更好。

“红眼病”如果经常发作，就需要检查一下自己的心理是否出现了疾病，否则很容易影响自己的生活，让自己在比较中失去心理平衡。

看过一则寓言：猪说假如让我再活一次，我要做一头牛，工作虽然累点儿，但名声好，让人爱怜；牛说假如让我再活一次，我要做一头猪，吃罢睡，睡罢吃，不出力，不流汗，活得赛神仙；鹰说假如让我再活一次，我要做一只鸡，渴有水，饿有米，住有房，还受人保护；鸡说假如让我再活一次，我要做一只鹰，可以翱翔天空，云游四海，任意捕兔杀鸡。

寓言中的动物其实就是现实生活中我们每个人的真实写照，总是眼盯着别人长处的人着实不少。

办公室小蔡毕业于一所著名的高等院校，毕业时听说银行工资很高，就想方设法进入了当地最大的一家国有银行。开始的时候，一切都十分美好，各种待遇确如他想象得那般优渥。于是，当年的同学聚会，他看到同学们羡慕的眼神，心中不免有些飘飘然。

然而，三年后，由于受到网络银行的冲击，小蔡所在的银行效益下滑很快，工资待遇等明显不如以前。他忍不住开始悔恨起当时的选择，羡慕起考进公务员体系的同学们。每次同学们叫他一起出去聚餐，他也总是唉声叹气地表示自己当时的选择根本就是错误的。

有位同学看不过去他现在颓废的样子，劝他说："哪一行也不好干，我们其实也面临着很大的工作压力。你这么年轻，如果不想干了，完全可以重新寻找出路啊。"小蔡似乎很受触动，回家立刻准备考公务员。可几天后，当他看到有的同学自己创业后买上了大房子，开起了高档轿车时，就又觉得创业更好了。

就这样，小蔡一直反复地眼红着别人的各种工作，把业务学习抛到了脑后，同时进入银行的同事早都已经有所突破，而小蔡却依然徘徊在是不是辞职的边缘，继续看着别人的生活艳羡不已。

真正看懂自己的内心，知道如何安排好自己生活的人绝不会总是盯着别人的生活，而是一心一意把自己的日子过得更好。

比如喜欢摄影的包维尔。他自小就十分喜欢摄影，大学毕业后，他对摄影到了痴迷的程度，无心再去工作。从此包维尔过着简单的生活，从不理会自己的生活是富有还是贫穷，只要能够摄影就够了。他穿着破裤子，吃着最简单的汉堡。在别人眼里，他是困苦贫穷的象征，而包维尔自己却过得异常快乐。

27 岁时，他的人物摄影技术登峰造极，成为世界公认的人物摄影大师，并为英国首相拍摄人物照，从此一发不可收。至今，他为全世界一百多位总统、首相拍过人物摄影，请他拍照的世界名流更是数不胜数，排队等候一两年是常事。

正因为他从来不羡慕别人的生活，才会生活在自己的天地里，才能不受外界的干扰，努力干自己的事，也才能取得如此巨大的成就。

生活中常常打扰我们、让我们感到不安的，其实并不是我们自己，而是别人的生活和别人成功的模式。

但我们必须懂得，总是羡慕别人的生活，就会给自己造成混乱和迷茫，甚至使自己不得安宁。羡慕别人的代价，常常就是失去自己。不去羡慕别人，我们的日子才会变得悠然平静，从容不迫。不去羡慕别人，我们才会找到自己的生活，完成自己的事业，达到自己的目标，过好自己的日子。

坎坷是未知的幸福

2016年的某段时间，接连听到各种噩耗。刚听说有同学年纪轻轻因为出了车祸面临截肢的危险，又惊闻同事的亲戚因电击住进了重症监护室。灾难就是这样，从不会事先给我们任何讯息，便猝不及防地甩在你面前，不管你多么不情愿，都不得不接受那残酷得直打寒战的现实。从此，受害者及其家人进入了无边的煎熬，即便在梦里也会不断地追问：这人生到底怎么了？这样悲凉的人生究竟如何过下去？

尽管终究也没人回答这样一个看似形而上的问题，亲历灾难的人却依然就那样坚挺地活了下去。有时，看到他们活得那么艰难，作为旁观者的我们反而会惶恐不安地替他们担忧起来：真是生不如死啊！

可真的是这样吗？

放眼望去，虽然有的人因为骤然而至的灾难越过越凄凉，可他们依然不放弃生的希望，珍惜每天的日出日落，渴望在闭眼睁眼间继续感受人间的烟火味道。

父亲在得知自己得了癌症之后，一度丧失了继续治疗的勇气。心情也跌落至谷底，时常莫名其妙地发火。家人都知道其实那是他在发泄自己的不满，抱怨命运突然塞给他这样一个破罐子。然而，病症不会因为你的痛苦便避而远之，相反，它会乘虚而入，肆无忌惮。爷爷忌日的时候，父亲跪在坟前默默无语。回家后，我们忍不住说起了爷爷——那个无数次被命运打击却依然顽强的老人。没想到，一番回忆之后，一直拒绝治疗的父亲竟然同意了尽快办理住院手续。

记得小时候，父母各自出去忙，我和爷爷并排坐在秋天的落日余晖里，背后是夕阳投射在我们身上落下的长长的影子。当太阳终于落山，寒冷渐渐袭了上来，可爷爷身上的暖意却似乎依然充足。我依偎在爷爷身上，感受着他臂弯里散发出来的温暖。偶尔仰望着爷爷，他满脸的沟壑里似乎藏满了故事。看到我盯着他看，他便笑了。于是，我又掰开他的手，一条一条摸索上面的纹路。他总会忍不住感叹说："你看，我命苦啊，手掌上的乱纹这么多，还以为早就会死在半路，没想到还能活到现在。还是你们幸福啊！"

那时懵懂，并不知他所说的幸福究竟是什么。是几块水果糖？还是能整天黏在母亲身边，不用怕一睁眼找不到她？抑或是做了错事也没人训斥？

而从爷爷的口中，我知道，对于他来说，幸福就是能坐在院子里那样悠闲地看看天，能蹲在饭桌前舒坦地吃几口饭，能躺在床上鼾声如雷也不必担心明天会被揪出去批斗。

说起来，他只是一个平凡人，可他的一生却并不平淡。年纪轻轻便承担起整个家族二三十口人的生计，曾经有三任妻子却仍然独自生活了 40 多年，被打成反动派丢了工作终又被平反，不被孩子们理解却最终坚强地活到 84 岁才离世。

爷爷在那个寒冷的冬天去世后，曾经因为工作接班问题对他有意见的小儿子最终谅解了他。四个儿子聚会时还会经常提起他，言语间夹杂着佩服和赞叹。于是，无数次，我也会不由自主地把他曾经的描述和别人间接的讲述串在一起。猛然间才发现，其实，悲凉就是爷爷一生的底色，那些不断散发出来的暖意全是靠他自己一点儿一点儿涂上去的。然而，就是这一点点积攒的光和热，却在他去世后依然温暖着周围的每一个人。

命运在他的一生中设置了诸多陷阱，一不小心，就跌入其中，扑腾半天也爬不上来。可那又怎样？在同命运的交锋中，他从未选择退缩。他用自己的坚忍告诉自己，也告诉家人：再平凡和悲凉的人生也要好好活着，毕竟我们要死去很长时间。

何止是爷爷这样的身边人，即便是书里那些大人物或是小人物，没有哪个人的人生底色不是悲凉的。随手翻开摆在案头的《史记》，且不说其中那诸多曾经改变过历史，影响过无数后人的君主帝王，就拿司马迁来说，他又何曾想过因为一句话而被处以宫刑？然而，当祸从天降，他却仍然坚强而屈辱地活着，终在书写历史人物的悲欢离合中找到心灵的归宿，成就了这样一部体大思精、前无古人的历史名著。

鲜有机会欣赏画作，对绘画技巧更是一窍不通，但看到著名画家皮埃尔·奥古斯特·雷诺阿的作品时，我却感到了身心散发出由衷的愉悦。他的作品从内到外都透露着一种美的气息，女人健康美丽，儿童天真可爱，他们就像美的天使，带给欣赏者无尽的视觉上的温暖。

然而，你可曾知道，这些绝美画作的创作者雷诺阿，却是一个经历坎坷、在痛与死的边缘挣扎着的普通人。他出生在利摩日的一个穷裁缝家庭，5 岁时随家人迁居巴黎。为了维持生计，13 岁时学会了画瓷器画。从此之后，他似乎找到了人生的支点，一发不可收拾地在绘画的道路上越走越远。但幸福的生活总是短暂的，正当绘画事业如日中天时，他被类风湿病缠上了身。病症势如破竹，发展迅速，晚年的雷诺阿手脚严重变形，痛苦如蚂蚁般啃噬着他的身心。

可雷诺阿依然每日作画，从未间断。对于他来说，只有作画过程的沉醉才能让他从肉体的痛苦中解脱出来。后来，类风湿病有增无减，关节肿大到双腿不能行走，手指无法握笔，可他还是想到了办法。他让佣人把他抬到庄园里的花房，将笔绑在他的手指上，在自然的光线下，颤抖着手臂一笔一笔艰难地将心中的构想变成了一幅幅美轮美奂的图画。

阳光、空气、大自然、女人、儿童和鲜花，这些唯美的事物就是雷诺阿作品中永恒的主题。即便是心情忧郁的人在看到他的作品后，也忍不住赞叹起生命的美丽。在雷诺阿的一生中，不管是早年因家庭贫困不得不颠沛流离，还是晚年身受病痛的折磨，悲伤的元素从未光顾过他的作品。

一个洒满阳光的午后，他又开始用尽全力地作画。看到他费力地摆弄着有些僵硬的肢体在画板上涂抹，家人和朋友都忍不住叹息起来："你都那么痛苦了，何苦这样折磨自己呢？"雷诺阿却轻松地说："痛苦会过去，但美会留下来。”

是的，如他所愿，雷诺阿的美留了下来，他成为人们眼中的“幸福大师”，而他的画作，早已被当作美的象征，播撒到世界各地，在人们的心中种下一颗颗美的种子。

其实，从我们出生的那一刻起，命运便在每个人的人生画板上涂上了悲凉的底色，因为“滴答滴答”倒计时无时无刻不在提醒着我们：剩下的时间已经越来越少。然而，只要还未到终点下车的时刻，我们就有时间不断地调整画面的构图和画笔的色彩。悲凉的底色反而把你所涂抹的那些暖暖的色彩衬托得更加耀眼，那才是我们所应该努力追寻和珍惜的人生意义。

心灵的安宁是最大的幸福

自从来到这个世界，每个人都逃不过那个最后的生命归宿。而当我们不得不走到那一步时，最让人心动的既不是躺在钱堆里笑得合不拢嘴，也不是身在富丽堂皇的宫殿中极目四望，而是电影或电视剧中那个再熟悉不过的桥段：安详地闭上双眼，毫无遗憾地离开这个世界。没错，对于一个即将离世的人来说，没有遗憾，就是其人生最大的幸福。然而，看似极为简单的事情，却极少有人能做到。

记得在看《非诚勿扰》这部电影时，有一个镜头差点儿让我笑抽，而这也成为这部影片留在我记忆中最深刻的那一个点。葛优扮演的秦奋在北海道的一座教堂里面忏悔，当他确认神父听不懂他所说的话后，便放心地从幼儿园说起，絮絮叨叨地抖搂出自己曾做过的那些“缺德”事。时钟“滴答滴答”地走过了四个小时，秦奋却仍有很多“坏事”没有交代完。神父不堪其扰，建议秦奋的朋友将其带到另外一家更大的教堂继续忏悔。

在教堂这样一个庄严肃穆的地方，葛优滑稽的表演总是让人忍俊不禁。但每次笑过之后，心里却又会生出几分惆怅。其实，我们每一个人的心中，不都装着许多类似秦奋那样不堪回首的往事吗？那些事看似无足轻重，不足为外人道也；抑或是因为家丑不可外扬，不愿让别人知道。总之，它们是过去的生活中并不光彩的灰尘，期期艾艾地存在于我们的心底。我们不敢说，不想说，不能说，但它们却日久天长地生长在那里，最终被打磨成一根尖刺，时不时蹦出来刺激一下我们本已遍体鳞伤的小心脏。

格里美尔斯·豪森说，世界上没有任何欢乐不伴随忧虑，没有任何和平不连着纠纷，没有任何爱情不埋下猜疑，没有任何安宁不隐伏恐惧，没有任何满足不带有缺陷，没有任何荣誉不留下耻辱。

社会赋予我们权利，但也给予我们牵绊，因此，每个人在成长的过程中都会遇到许多并不想做，但在当时的情境下却又不得不做的事情。由于自身的缺陷和环境的影响，遗憾成为每个人成长中必然的伴生物。它们不会自行消失，而是需要我们用心、用行动去救赎。

当然，这样的救赎之旅说起来简单，做起来却不容易。它不仅需要我们有敢于面对过往的勇气，还需要能够化腐朽为神奇并为之不断努力的毅力。有一部小说曾经风靡全球，它就是小说《追风筝的人》，作者是美籍阿富汗人卡勒德·胡赛尼。

故事讲述的是阿富汗富家公子阿米尔和仆人哈桑从小亲密无间，但阿米尔从小胆小怕事，而哈桑憨厚勇敢，哈桑经常为了保护阿米尔而独自承担许多屈辱。但阿米尔后来才发现，自己最尊敬的父亲竟然更欣赏哈桑。阿米尔本能地开始嫉妒哈桑，为了赢得父亲全身心的爱，阿米尔决定用阿富汗人都敬重的方式——在追风筝中赢得胜利去获得父亲的爱。他努力地练习，哈桑则负责为其捡风筝。终于迎来了比赛的时刻，阿米尔在哈桑的全力帮助下，终于得到了最后的胜利。可就在他想要为自己欢呼时，却发现，出去追风筝的哈桑一直没有回来。他赶紧出去寻找，最后在一处人迹罕至的地方，发现几个身强力壮的家伙围住了哈桑。风筝被踩在他们的脚下，很明显，他们想要借哈桑取回风筝的渴望污辱哈桑。阿米尔犹豫着要不要前去帮助哈桑，但最后还是纹丝未动，他怕自己也难逃噩运。就这样，阿米尔目睹着那些人侵犯哈桑，直到哈桑满脸血和泪地来到他的身边。此后，阿米尔努力装作一无所知，甚至为了不再背负面对哈桑时愧疚的心理阴影，他想方设法赶走了“为你，千千万万遍”也不后悔的哈桑。然而，阴影却未真正离开过阿米尔半步。即便他已经逃离阿富汗前往美国 20 年，但如梦魇一般的过去却依然尾随着他。

当阿米尔的心灵导师拉辛汗“不经意间提起，却宛如经过深思熟虑”地说道：“来吧！这儿有再次成为好人的路。”阿米尔最终选择了救赎自己的心灵。

然而，救赎的途中阿米尔命悬一线。他再次巧遇已成为塔利班成员的阿塞夫，身体孱弱的他在与铜拳铁臂的阿塞夫的单挑中险些丧命。可他似乎反而得到了解脱，所以即使被打得肋骨断了七根，浑身没有一处不疼的地方，却终于可以畅快地笑出了声。只有那时，他才真正感觉到一种心灵上的解脱，似乎郁积心中多年的阴霾终于被阿塞夫拍打得一干二净。

谁敢说自己的一生从没犯过错？谁又敢说自己的一生从没有背负

过严重的心理包袱？但别灰心，只要你愿意，获得心灵安宁的路依然向我们每个人开放。阿米尔已经给我们做出了示范。

心理学专家说：人类需要安宁的生活，这是生命的本能。我们的一生都在寻求内心的平和与安宁，生活的舒适和如意。然而，最有效的救赎永远不在口头上，而是在行动上。愿我们每个人都能找到那份心灵的安宁！

第六章

一花一世界，一叶一菩提

永远心无旁骛地去做事

我们的人生之路就像是一条两边摆满各种诱惑的道路，很多人一边走一边到处张望，就像钓鱼的小猫一般一会儿追蝴蝶一会儿追蜻蜓，但当看到别人钓到大鱼的时候，忍不住在惊呼之余，后悔不迭。仔细观察各类成功人士，他们成功的秘诀必定少不了两个字：专注。

瓦伦达是美国一个著名的高空走钢索表演者，在一次重大的表演中，不幸失足身亡。他的妻子事后说，她预感他要出事，因为他上场前总是不停地说：这次太重要了，不能失败。

以前每次表演，他只想着走钢索这件事本身，并不去管这件事可能带来的后果。后来心理学家把为了达到一种目的总是患得患失的心态叫作“瓦伦达心态”。

当瓦伦达的心思由走钢索转移到“事情很重要”上时，注意力便不再集中，他的精神便不免受到牵制而出现了意外的情况。这与我们平时总是越到关键时刻越容易犯错的状况是大同小异的。

王石登顶珠穆朗玛峰的事情曾经引起很大的轰动，因为他虽名气很大，但在登山方面却并不占优势。他当时已五十有余，年龄和体力是他的致命弱点。但他并无所惧，在他心里，既然是来登山的，专心登山就好，至于其他的事情都不在自己的考虑范围之内。

当时有很多记者跟随采访，但王石拒绝了所有的采访，甚至雪山上的美景也被他自动排除在视线范围内。登到 8000 米的时候，同行的人都被雪山上的美景吸引住，欢呼雀跃，可王石却独自冷静地端坐帐篷内，休养生息，准备继续出发。

终于，王石果真如愿以偿地登上了珠穆朗玛峰的山顶，而被认为体力最好的小伙子却因为之前太兴奋，消耗了过多体力，没有登上去。下山后，王石欣然接受采访，记者的第一句话就是："真没想到！"接着又问，"王总，难道你有什么登顶的秘诀吗？"此刻他开心地笑了，"哪有什么秘诀啊？自从第一脚踏上珠峰，我的心中就只有一个目标，那就是登顶，任何与此无关的事情我一概不做。"

有人这样定义专注的作用：一个专注的人，往往能够把自己的时间、精力和智慧凝聚到所要干的事情上，从而最大限度地发挥积极性、主动性和创造性，努力实现自己的目标。特别是在遇到诱惑、遭受挫折的时候，他们能够不为所动、勇往直前，直到最后成功。与此相反，一个人如果心浮气躁、朝三暮四，就不可能集中自己的时间、精力和智慧，干什么事情都只能是虎头蛇尾、半途而废。缺乏专注的精神，即使立下凌云壮志，也决不会有所收获，因为"欲多则心散，心散则志衰，志衰则思不达也"。

人生的过程就如一次次登山，每个人都在朝着顶峰前进，可真正登顶的却寥寥无几。原因很简单，前进的途中，百分之八十的人被其他的事情分散了精力。王石登山的成功也从侧面说明了他的成功绝不是无来由的，专注便是最好的证明。

保持个性做自己

人们常说：有一千个观众，就会有一千个哈姆雷特。这个简单的句子就可以清晰地告诉我们，每个人都有不同的个性和思想。然而，在不断成长的过程中，伴随着世俗的洗礼，大多数人开始不断地改变自己以适应周围的环境，也有的人开始邯郸学步一般学着别人改变自己，盲目模仿别人，最后反而失去了自我。反而是那些能够看到自己的个性并不断发展自己长处的人，才能够获得不一样的成功。

被誉为“20 世纪最伟大的心灵导师和成功学大师”的戴尔·卡耐基说：“一个人想要集中他人所有的优点于一身，是最愚蠢、最荒谬的行为。”模仿别人就是刻意去学习别人的一举一动，一颦一笑，殊不知，很多特性是没有办法学到的，更惨的是，因为盲目学习别人，反而容易把自己拥有的特点消磨殆尽，就如东施效颦一般，贻笑大方。因此，一个人想要成功，应该保持自己的个性，发挥自己的特长，而不应该让自己变成任何其他人。

意大利著名女演员索菲亚·罗兰被誉为世界上最具自然美的人，意大利永远的女神。她 15 岁时在意大利一个选美大赛上被担任评审的大制片人卡洛·庞帝发掘，17 岁正式开始了自己的演艺生涯，希望能成为一名出色的演员。然而，她的演艺之路却并不顺利。索菲亚·罗兰个子太高，臀部太宽，鼻子太长，嘴巴太大，下巴又太小，在当时人们的审美标准中，她根本不能算是能够吸引人的角色，更算不上特别漂亮。

但卡洛·庞帝深知她的演技深厚，值得大力培养。为了给她创造成名的机会，卡洛·庞帝不停地带她去试镜。但摄影师们并不领情，纷纷抱怨无法把她拍得美艳动人。于是，卡洛·庞帝建议索菲亚把鼻子和臀部稍微调整一下，但索菲亚却断然拒绝了。她说："我为什么一定要长得和别人一样呢？我觉得鼻子是脸庞的中心，它赋予脸庞以独特的特点。我喜欢我的鼻子和脸庞保持原状。至于我的臀部，那同样是我身体的一部分，我不希望自己有任何改变。"

在坚持不改变自身外部特征的同时，索菲亚更加注重自己在演技方面的精益求精。不久，她惟妙惟肖的演出就获得了更多观众的认可，越来越多的人开始喜欢上她不同于常人的美丽。她的大嘴巴反而被当成性感的标志，引得很多女性纷纷追捧。

索菲亚在自传中这样写道："自从我踏入演艺界开始，我就出于自然的本能，知道化什么样的妆，设计什么样的发型，穿什么样的衣服，做什么样的保健最适合我。我从不模仿谁，从不像个奴隶似的跟着时尚走。我只要求我看上去就像我自己，非我莫属。"

索菲亚没有因为别人的爱好而改变自己的特色，相反，她知道自己应该努力的方向是要先把演员的角色扮演好。正是因为抓住了重点，明确了突破的方向，才使得她不仅没有被埋没，反而成为别人效仿的对象。

没有个性的另一个侧面便是没有主见，没有创造力，没有独立的人格，当然也就很难会有深邃的思想，更难以获得他人的尊重和支持。

英国19世纪后期新浪漫主义文学的代表人物罗伯特·路易斯·史蒂文森说："要想知道你喜欢什么，就要保持你的精神活泼，而不是谦恭地对世界告诉你应该喜欢的那些事物说'阿门'。"

但反面的例子也有很多，曾经看过一则消息：一位非常有天赋的儿童，9岁时参加日本青少年书法展，四幅作品，全部被私人收藏，总价值1400万日元。当时，日本最著名的书法家小田村夫曾这么预言，在日本未来的书坛上，必将会升起一颗璀璨的新星。20年过去了，一些寂寂无闻的人脱颖而出，而他却销声匿迹了。原来这位小神童临摹王羲之的书帖成瘾，把自己的书法个性磨得一无所有，虽可以做到以假乱真，但在鉴赏家眼里，他的书法已不再是艺术，而是令人厌恶的仿制品。

本来能够在书法界一展本领，却因为模仿成瘾，失去了自己的个性，终究也不能成就自己的辉煌，就像现在也流行模仿明星，但真正突围、留给人们深刻印象的，绝不是那些模仿得逼真的人，而是能够开辟属于自己风格的人。

这就是个性的力量，它能够让我们不同于别人，还能让我们拥有可以骄傲的资本，因为我们每个人都是这个世界上独一无二的不可复制的唯一。

成功者身上没有多余的包袱

鹏程这几年生意做得非常成功，而且过得特别轻松，从来没有抱怨过忙或是累，与前几年愁眉苦脸的样子简直就像变了一个人。周围的人在各种羡慕的同时，都不免有些奇怪：为什么他就能过得那么自在呢？鹏程大多数情况下都只是笑而不答。

有一次，几个好朋友聚会，他经不住大家的软磨硬泡，讲起了自己的故事。原来，他前几年生意不好的时候，曾经患过严重的抑郁症，每天都感觉生活在重重的压力下，痛不欲生。虽然感觉生不如死，但最后的理智告诉他，还有家人需要自己照顾，不能走极端。

实在无法解决自己的心理问题时，他找到一家非常有名的心理咨询机构。心理咨询师给他做了一个心理测试。

心理咨询师递给他一张空白的纸条，让他裁成六条，然后分别写上自己认为生命中最重要的东西。他一一在上面写下了家人的名字，还有健康、朋友，以及自己的事业、名誉、利益等。心理咨询师说，现在请你闭上眼睛，假设我们现在是在一片苍茫的大海上，遇到了海难。现在需要你舍弃这六张纸条中的一张，你看看会选择丢掉哪一张。鹏程毫不犹豫地放弃了利益。然后，心理咨询师又引导着他一项一项地放弃。他在激烈的心理斗争中，手中的纸条被一张张地抛弃。最后，在家人与健康之间难以抉择。心理咨询师并没有特别为难他，让他睁开眼睛，引导他说：你看，你整天担心公司的经营，担心别人对你的评价，可现在这些东西都被你轻易舍弃了，你真正在意的一直就在你的身边陪伴着你，并未分离。

鹏程说他在一瞬间，突然感到轻松了，原来自己一直背负的心理包袱是毫无意义的。既然如此，为什么还要把自己搞得那么累呢？

鹏程是幸运的，他在人生的重要关头丢掉了一些没有必要担忧的心理包袱，从而得到了真正的心理安宁，让自己重新回归正常的人生轨道，开启了另外一片更加广阔的天地。

生命之舟需要轻载。生活本身就是一份责任和承担，是绝不轻松的，如果再加上额外不必要的心理负担，压力就会更大了。因此，我们应当学会放下心理包袱，轻松简单地面对自己的生活。

我曾经从网络分享中看到过这样一个故事，深觉有理：

上帝指派了三个人，交给他们每人两个包袱，并且要他们在名为“人生”的道路上竞走，目的地是叫作“幸福”的终点。

第一个人走得很痛苦，他觉得身上的包袱很沉重，几乎把他压垮了；他一路上汗水淋漓，每跨一步，就要流下一行眼泪。第二个人走得很愉快，不过他走的速度很慢，渐渐地也觉得双腿有些发酸。第三个人一边走一边快乐地哼着歌，而且他健步如飞，一下子就到达了目的地。

上帝在终点等待着他们。第一个人忍不住埋怨：“为什么他们走得这么快乐，我却走得这么痛苦？难道你给我的行李特别重？”

“不，你们包袱重量都相同。”上帝回答，“这两个包袱，一个装的是‘痛苦’，一个装的是‘快乐’，由于你把痛苦的包袱挂在前面，快乐的包袱挂在身后，只看得到痛苦，却看不到快乐，当然走得难过又疲惫。”

接着上帝指着第二个人说：“他跟你正好相反，他把快乐的包袱挂在胸前，痛苦的包袱扔在背上，眼睛看到的都是快乐，一路走来当然喜悦。”

至于第三个人，上帝继续说：“他不但让快乐在前，痛苦在后，还在痛苦的包袱上剪了一个洞。他一面走，痛苦就一面纷纷掉在地上，身上的担子减轻了，所以走得比谁都快。”

这则故事真实地告诉我们，在每个人悲喜交加的人生轨迹中，快乐与痛苦必定相伴而生，关键是我们如何安置它们。痛苦的包袱里大多住着那些与生命本无挂碍的东西，诸如名利，而快乐的包袱里却住着就在手边的幸福，遗憾的是我们经常错置了两者的方向，所以背负了许多不必要的压力，让自己难以喘息。

就像无际大师解答别人的苦恼时所说的那些至理名言：过河时，船是有用的；但过了河，我们就要放下船赶路，否则，它会变成我们的包袱。痛苦、孤独、灾难、眼泪，这些对人生都是有用的，但片刻都不能忘记，就成了人生的包袱。毕竟，生命不能承受太多负重。

心平气和地面对贫富荣辱

以什么样的心态面对贫富荣辱，往往决定了我们的生活状态是什么样的。如果能够做到时刻以心平气和的姿态生活，那我们的一生便是平静而坦然的。

关麟征是黄埔军校一期学生，曾在国民党军队中历任要职。他经过长期征战和宦海沉浮，逐渐看透自己前半生争名夺利的官场生活，于 1949 年秋辞去陆军总司令职务，退出国民党军界，拒绝接受随蒋介石飞往台湾的命令，借故在香港隐居下来。从此，他不参加任何政治性的集会和社会活动，不接见任何记者采访，断绝一切与党政军故旧的联系，整日以读书、写字为乐。其间，蒋介石、蒋经国父子曾数度邀请他去台湾任职，并许以高官厚禄，都被他婉言谢绝。从 44 岁至 75 岁逝世，他一直过着淡泊的隐居生活。

对于关麟征来说，人要活在当下，珍惜自己拥有的一切，而一旦面对失去，还是要学会大度地放手。因为只有懂得放手，心平气和地面对贫富和荣辱，才能活得更加从容。

很多人都在追求名利，甚至为了一夜成名，而不惜出卖自己的身体和灵魂，但当代大学者钱锺书，终生淡泊名利，甘于寂寞。他谢绝所有新闻媒体的采访，中央电视台《东方之子》栏目的记者，曾千方百计想冲破钱锺书的防线，最后还是不无遗憾地对全国观众宣告：钱锺书先生坚决不接受采访，我们只能尊重他的意见。

20世纪80年代，美国著名的普林斯顿大学特邀钱锺书去讲学，每周只需钱锺书讲40分钟课，一共只讲12次，酬金16万美元，食宿全包，可带夫人同往。待遇如此丰厚，可是钱锺书却拒绝了。

他的著名小说《围城》发表以后，不仅在国内引起轰动，而且在国外反响也很大。新闻和文学界有很多人想见见他，一睹他的风采，都遭到他的婉拒。有一位外国女读者打来电话，说她读了《围城》非常崇拜钱先生，想见他。钱锺书再三婉拒，她仍然执意要见。

钱锺书幽默地对她说："假如你吃了一个鸡蛋，感觉味道很好，那又何必要见那个下蛋的母鸡呢？"

1991年11月，钱锺书80岁生日前夕，家中电话不断，亲朋好友、学者名人、机关团体纷纷要给他祝寿，中国社会科学院要为他开祝寿会、学术讨论会，钱锺书一概坚辞。

对于钱锺书来说，简单的生活、简单的交际便是他一生的追求。因为贫富和荣辱都不过是身外之物，纠缠于其中，不仅容易失去人生中最宝贵的东西，而且还会迷失自我，让自己的人生都为之失色。真正的成功者，不仅自己淡泊名利，在教育孩子时，也能够言传身教，用实际行动告诉他们，生命的宝贵在于行走于其中的每一个瞬间，当我们活着的时候，认真地珍惜每一分每一秒就是对生命最好的尊重。

居里夫妇是世界上知名的科学家，居里夫人是世界上唯一两次获得诺贝尔奖的女科学家，但他们生活俭朴，不求名利。

各种勋章、奖章是荣誉的象征，或许是许多人梦寐以求的宝物，可居里夫妇视之如废物。1902 年，居里先生收到了法兰西共和国大学理学院的通知，说是将向部里提出申请，颁发给他荣誉勋章，以表彰他在科学上的贡献，请他务必接受。

居里和夫人商量以后，写了一封回信："请代向部长先生表示我的谢意。并请转告，我对勋章没有丝毫兴趣，我只急需一个实验室。"

居里夫人的一位朋友应邀到她家做客，进屋后看见居里夫人的小女儿正在玩弄英国皇家协会刚刚授予居里夫人的一枚金质奖章，惊讶地说："这枚体现极高荣誉的金质奖章，能得到它是极不容易的，怎么能够让孩子玩呢？"居里夫人却说："就是要让孩子从小知道荣誉这东西只是玩具而已，只能玩玩，绝不可以太看重它，如果永远守着它，就不会有出息。"

心平气和地面对贫富荣辱，才能不被贫富荣辱所捆绑，也才能更仔细地看清人生的方向和道路。当我们能够保持一种良好的心态看待生活中的起伏，美好的生活肯定就在不远处。

谦逊是一种态度

《成长胜经》一书中讲述了这样一个故事：19 世纪的法国名画家贝罗尼，一次到瑞士去度假，每天仍然背着画架到处去写生。有一天，他在日内瓦湖边正用心画画，旁边来了三位英国女游客，看了他的画，便在一旁指手画脚地批评起来，一个说这儿不好，一个说那儿不对，贝罗尼都一一修改过来，末了还跟她们说了声“谢谢”。

第二天，贝罗尼有事到另一个地方去，在车站看到昨天那三位妇女，正交头接耳不知在议论些什么。过了一会儿，那三个英国妇女看到他了，便朝他走过来，问道：“先生，我们听说大画家贝罗尼正在这儿度假，所以特地来拜访他。请问你知不知道他现在在什么地方？”贝罗尼朝她们微微弯腰，回答说：“不敢当，我就是贝罗尼。”三位英国妇女大吃一惊，想起昨天的指指点点，不禁脸红起来，纷纷开始道歉。但贝罗尼却非常谦逊地说：“其实你们说的那些问题确实很有道理。每个人的视角不同，对画的观感也不一样，我还是需要不断了解别人对画作的认识，才能不断提高自己的画技。”那三位英国妇女都忍不住被其品行折服。

贝罗尼的画技虽然早已达到了别人无法到达的高度，但他却从未骄傲，而是虚心地听取别人的意见，并不断改进。这让他以及他的画能够始终保持一种亲和力，成为人们竞相传扬的典范。因为越是成熟的稻穗，越懂得弯腰。而正是这一弯腰，让更多的人了解了他们的伟大，也让他们的技艺保持生生不息的进步力量。

爱因斯坦是 20 世纪世界上最伟大的科学家之一，然而，就是像他这样的伟人，还是在有生之年中不断地学习、研究，活到老，学到老。有人问爱因斯坦："您可谓是物理学界空前绝后的人物了，何必还要孜孜不倦地学习呢？何不舒舒服服地休息呢？"爱因斯坦并没有立即回答他这个问题，而是找来一支笔一张纸，在纸上画了一个大圆和一个小圆，对那位年轻人说："在目前的情况下，在物理学这个领域里可能是我比你懂得略多一些。正如你所知的是这个小圆，我所知的是这个大圆，然而整个物理学知识是无边无际的，对于小圆，它的周长小，即与未知领域的接触面小，它感受到自己未知的东西少；而大圆与外界接触的这一周长大，所以更感到自己未知的东西多，会更加努力地去探索。"

其实，谦逊不只是一种学习态度，更是一种为人处世的姿态。

清雍正年间，江水被推荐到朝廷做官。皇上召见时，他紧张哆嗦，不能对答，于是推荐他的学生戴震。戴震口若悬河，分析问题切中要害，说得清清楚楚。皇上大为兴奋，问戴震说："你和老师比，谁的才能高？"戴震回答："我的水平低。"皇上又问："那水平高的反而不能回答，为什么？"戴震说："老师年老，耳朵有些背，可他的学问，超过我一万倍。"皇上赞赏他的谦让精神，赐为翰林。

自古以来，我国人民就有谦虚的美德，前人有许多这方面的格言警句启迪后人。如“谦受益，满招损”“谦虚使人进步，骄傲使人落后”“虚心竹有低头叶，傲骨梅无仰面花”“百尺竿头，还要更进一步”！ 事实上也是如此，没有一个人能够有骄傲的资本，因为任何一个人，即使他在某一方面的造诣很深，也不能够说明他已经彻底精通，彻底研究全了。“生命有限，知识无穷”，任何一门学问都像无穷无尽的海洋，都像无边无际的天空……所以，谁也不能够认为自己已经达到了最高境界而停步不前、趾高气扬。如果是那样的话，则必将很快被同行赶上，很快被后人超过。

老子曰：江海所以能为百谷王者，以其善下之，故能为百谷王。意思是说：江海所以能够成为百川河流所汇往的地方，乃是由于它善于处在低下的地方，所以能够成为百川之王。这个社会上真正成功的人士往往都是懂得谦虚待人的，因为他们真正理解世事的艰难，为人处世的重要。

做一个善于欣赏生活的人

秋风萧瑟，落叶纷飞，好像有些人飘零的心，找不到回家的路。

就是这样一个有些苍凉的下午，一位朋友眼泪汪汪地告诉我，她似乎得了产后抑郁：不想跟人说话，看见什么都烦，感觉生活暗淡无光，找不到活着的意义。我吃惊不小，在我眼里一直嘻嘻哈哈、大大咧咧、充满阳光的一个人，怎么产后复出工作，就变得抑郁了呢？

听着她语无伦次地诉说着内心的苦闷和感受，我的大脑在高速运转，希望能帮她找到原因，与她一起渡过难关。

我安慰她不要急，慢慢地说，到底发生了什么。她长吁了一口气，情绪稍微舒缓了一下。我也慢慢知道了她郁闷的来龙去脉。

小姑娘毕业于一所很不错的师范院校，由于学习成绩突出，又活泼开朗，大学毕业时老师们都推荐她读研。可她当时被爱情迷住了双眼，急于给男朋友一个交代，于是义无反顾地选择了就业，考入县里一所中学成为一名教师。然而，面对生活，只有爱情还不够。男朋友毕业后一直未找到理想的工作，目前暂在一家企业打零工，工资很低。以前似乎从未愁过钱的事，但婚后有了孩子后，生活开始变得有些拮据。

同时，公婆不愿来照顾孩子，只能是自己的母亲过来帮忙。人多了，摩擦也就多了，原来简单的关系突然变得复杂起来。

而就在这时，同学们却纷纷在以各种方式晒着自己的幸福。有的已经研究生毕业，留在了大城市；有的毕业后找到了家庭条件突出的男朋友，现在过得优哉游哉。而自己呢，梦想的考研遥遥无期，钱的困扰却无时不在，母亲的操劳又让她日夜难安。前面似乎没有了路，她陷入生活的泥潭再也拔不出腿。

然而，即便是内心如此翻江倒海，产假归来，她却还要面对工作环境的巨大变化。原先安静的办公室变得嘈杂不已，年轻的女孩们嘴里除了吃就是穿，还有各种打情骂俏。

她突然厌倦了这里的一切，想要考研，逃离这个无处安放心灵的地方。

可孩子怎么办？孩子她爸怎么办？所有的问题都在瞬间向她压来，脑袋顿时有种被压爆的感觉。

我安静地听完她的叙述，知道她是被突然打破的生活秩序困扰住了。

有了孩子后，一切都会跟着发生翻天覆地的变化，曾经自由的生活突然变得紧张起来。原来可以说走就走，到处疯，到处游，而现在，时时刻刻都要想到家里还有个小人儿在眼巴巴地等着她回去喂奶，父母也因为帮忙照顾孩子而变得日益憔悴，心里的弦突然绷得很紧，没有了弹性，承受力也就跟着下降了。这时，如果再有外来的刺激突然作用在她身上，抑郁的感觉在所难免。

但生活就是这样啊，轻松的时候所有的事情都轻松，困难的时候所有的困难一起涌来。我们似乎是站在半山腰，向前看，看不到山顶在哪儿，无力前进；向后看，走过的路已经被掩埋，无路可退。这样的阶段最考验人，但这样的生活也最锻炼人。因为我们在这时才会停下变得轻飘飘的步子，仔细思考前面的路到底应该如何走下去。其实，这样的经历我曾有过无数次，虽然每次都会有种泰山压顶的无力感，但只要找到一个支点，再大的“石块”也会被慢慢移开，前方的路途依然开阔。

于是，我问她，你想听听我当时的故事吗？

此时的她早已安静了很多，点点头表示愿意听。

回忆的列车带着我们回到过去。记得那个秋季开学的日子，我换了一所学校任教，还接过了两个情况截然不同的班。一个班只有 30 个人，我任班主任，大部分是县里领导们的孩子，学习成绩很好，但很难管理。另一个班里都是镇上的孩子，学习成绩参差不齐，差不多有 70 人，整个教室乌泱乌泱的全是脑袋。同样的课程需要用两种方式讲解，工作量凭空增加了一倍。最麻烦的是那时女儿刚一周岁多，我已不当班主任多时。突然面对各种复杂的关系，心里的紧张可想而知。

那些日子里，早晨 7 点到校，晚上 10 点才回到家。虽然感觉已经拼尽全力，但因为同有些家长的沟通出现问题，很多烦心事接踵而来，我的脑子里每天都是各种乱乱的事情，极度压抑地上班，心事重重地下班。生活里早已没有了阳光，我感觉自己已经被郁闷包围了。

那个冬天的晚上，我带着一身寒气走进了家门。独自坐在昏黄的灯光下，找不到前方的出口。先生端过来一杯热水，坐在我身边，看了看我，欲言又止。也不知过了多久，他还是开口了："你还考研吗？"他问。听到这句话，无声的泪水滑过脸颊。

"我还考研吗？"那个曾让我将之视为全部生活的词似乎已经远离我的生活。我被日益找不到方向的生活彻底打败，成为它的手下败将。

"还是继续考吧！"他沉默了一会儿继续说，"你都努力了那么长时间，虽然平时挺忙的，但只要你想学，应该还是能抽出时间来。"他低沉的话语虽然缓慢，却似乎突然给我点亮了一盏心灯。

我擦干眼泪，拿出笔记本，把自己需要做的事一一列出，一项一项地问自己能不能做得了，应该怎么做。一夜无眠，可当东方出现鱼肚白的时候，我却感觉自己充满力量。

从此以后，我把曾经用来胡思乱想的时间全用在了学习上。虽然还是需要每天早出晚归，但在学生们自习的时候，我便也像个学生一样认真地学习。学生们看到我这样认真，也学得更加努力。

有了支点的生活，重新洒满了阳光。

黑暗中跌跌撞撞地容易找不到方向，看不见黎明的存在。可只要给它找到一个支点，把裹得严严实实的黑暗撬开一点儿缝隙，前行的道路便重新有了光的指引。

小姑娘听完我的故事，已经轻松了很多。她告诉我自己也要列一个清单了，然后问我能不能继续鼓励她。我拥抱了她，轻轻地告诉她我会随时在背后支持她。看到她的脸上重新有了光彩，我知道也许她已经找到了自己的支点。

学会和解才会更从容

秋风吹过树叶，飒飒作响。刚下过一场急雨，空气清新透亮。红彤彤的夕阳斜照在路边的小石桌上，星星点点的光晕就像闪闪发光的金网，笼罩着梧桐树下两位正在下棋的老人。

“将！”一位老人边吆喝边“哐”的一声把棋拍在石桌上，兴奋地手舞足蹈。

“哎呀，失误，失误。我的棋本来是要放在这里。”对面的老人一边说着，一边把放下的棋又拿起来放在另外一处不会被“将死”的地方。

“你看你这人，怎么能悔棋？输了就输了，再来一盘不就行了？”赢了棋的老人不满意地嘟囔着。

“就这一回，就这一回。”输了棋的老人低声下气地说。

“好好好，就这一回啊，不许再悔棋了。”赢了棋的老人慷慨地挥了挥手。

石桌再度恢复平静。两位老人又开始你一棋我一棋地下起来。

望着他们在落日余晖中挥舞着的手臂，内心竟涌起一种说不出的感动。棋下到了这里，也许才算真正悟出了棋道的境界，因为他们愿意同别人也愿意同自己和解。输或赢都没有关系，这次不行，可以再来一次。

而有些人却不是这样，哪怕是一根头发丝儿大的事情，也要争他个你死我活。本只是一场游戏，却非要演变成一场争斗不可。

记得有一次参加聚会，包间已经全被预订，我们不得不转到一楼大厅。宽敞的大厅里，只有几位年轻人在打扑克。他们毫无顾忌地你来我往，扑克摔得震天响，吆喝声大得盖过了汽车的轰鸣声。

朋友觉得有点儿烦，想去劝他们声音小一点儿。我赶忙拉住他，指着其中一个人说："你看，他看着对方的样子，就像杀红了眼的暴徒。咱们还是不去招惹他们了吧。"话音刚落，让人惊诧的一幕出现了。那个涨红了脸的人竟然一下摔了扑克，撸起袖子扑向对方。

"你他 × 的竟然敢骗我！"他瞪着眼大喊。

"咋地，就你能赢？输了就怨别人？"对方也以眼还眼，毫不退步。眼看着都不认输，你一言我一语终于发展到拳脚相加。

桌子被掀翻在地，扑克被撒得满天飞，屋子里的东西被扔得一片狼藉。

朋友们赶紧从两边拉着势不两立的两个人："都是朋友，打个扑克，至于嘛！"

我不禁哑然，为了争个输赢，坐下之前还朋友相称的人竟然会大打出手。

是呀，"打个扑克，至于嘛"。输了不会失去什么，赢了也不会得到什么。可两个打扑克的人最终却扭打在一起。在他们心里，也许打的不是一场扑克，而是一次战斗。

纵观各种争斗，皆由小事而起。本是无关大局，最终却因此或伤或死。他们总觉得让步了便是失败，却不懂得能够与别人和解的人才不会因小失大，反而会得到更多的人生乐趣。

学会和别人和解，我们便能笑看得失；学会和自己和解，我们便能活得从容。人生虽然不是一盘棋，不能随意悔棋，但只要生命还在，我们便能从头再来。

得与失只在一念之间

作家张小娴说：“爱情最美好的时光，是患得患失的阶段。”然而，果真如此吗？平等的相爱何必患得患失，不平等的相爱，则只会让相爱之人愈加痛苦。

虽明知如此，可深陷于爱情之中的人们却仍然如飞蛾扑火一般，提心吊胆地希望拥有更多的爱，忐忑不安地担心失去爱。

秋日晴朗的午后，难得半日清闲，我独自坐在公园的长凳上望着披上了金色盛装的树木发呆。望着眼前水光潋滟的湖面，脑海突然蹦出那句“碧云天，黄叶地，秋色连波，波上寒烟翠”。可还未待仔细琢磨诗句里的那份美好和宁静，一阵极突兀的吵闹声突然从不远处传来。

想到这“浮生半日闲”的时光竟生生地被破坏掉了，心中忍不住蹿出一种烦躁的感觉。好不容易得到的安静难道又要逝去吗？

正犹豫着是否要立即抽身离去，另寻一僻静之处，无意间回头一看，心中不免升腾起几分好奇。原来，刚才的声音来自身后的小树林。叶片稀疏的树木已经难以遮掩住两个人的身影，所以眼前的情景便可以一目了然。一对年轻的情侣似乎是在吵架，女孩正在抽泣，一只手还死死拽住男孩的衣袖，男孩怒目圆睁，极力想摆脱女孩的拉扯。

“我知道你虽然跟我在一起，但根本就没真正爱过我。你看你现在，一点儿都不在乎我的感受。”女孩一边抽泣，一边继续扯着男孩，似乎怕他会拂袖而去，再不复返。

男孩因为女孩的撕扯越发生起气来，声音也提高了几倍：“我怎么做才能让你相信我？二十四小时不分离？拜托，我是个成年人，我也想有点儿自己的空间，你整天像看贼一样地看着我，跟同事出去玩玩你也要电话打个不停，你不嫌烦吗！朋友们都说我事多，不愿意跟我玩了，你知道吗？”

女孩似乎也有无穷的委屈，哭的声音更大了：“我就是不放心你，当初咱们走到一起那么不容易，我不想再失去你！”

“唉！你让我说你什么好啊。我说过多少遍了，我既然跟你在一起了，就肯定会负责到底，你整天疑神疑鬼，患得患失的，你知道我有多累吗？如果以后的日子都这样，我真是承受不住了，还不如分手算了！”男孩越说越生气，声音竟也有些哽咽了。

我似乎听出了故事的大概，原来是一出力量并不均衡的悲情剧。不想再看到他们撕心裂肺的样子，赶紧收拾东西准备离开，却被女孩声嘶力竭的喊声吓了一跳。

“分手？你休想！”女孩听到分手两个字，突然一激灵，像是一剑击中了她的要害，瞬间激发起无穷的仇恨。她扑上去更加用力地撕扯着男孩的衣服，非要他说明白为什么分手不可。男孩不胜厌烦地皱着眉头往公园外走，女孩却始终不肯放开紧拉着男孩衣服的手。两人就那样连拖带拽地向公园外走去，最终，在我目力所及处，男孩挣脱了女孩的手，迅速地消失在公园的尽头。

两人的爱情终究何去何从，我已无从得知。但我却从他们的对话中隐隐替他们感到担忧，即便爱情得以延续，在患得患失的生活中，两人的痛苦必定只会与日俱增。

太想得到，便会失去了平常的从容与淡定，看不到自己的优点，只剩下穷追不舍。不想失去，就会放大对方的一切优点，迷失了自我，只剩下死缠烂打，反而会加快失去的速度，让感情在疑虑中消磨殆尽！

在感情的天平上，得失之间，自有恰到好处的力道。于不该时，用力过猛；于坚持时，绵软无力，只会让爱情来得更慢，走得更快！

孔子曰："其未得之也，患得之。既得之，患失之。"意思是说：当他没有得到的时候，忧虑不能得到；当他得到以后，又忧虑失去。

对待感情如此，对待人生中的其他事情也莫不如此。面对心仪已久的机遇，面对极其渴望拥有的财富或是权力，在患得患失的心理面前，不仅看不清如何往前迈步，而且容易自我纠缠，越走越累。

2009 年底，国家公务员考试在即，我却很不巧地得了重感冒。

感冒病毒来势汹汹，一鼓作气让我丧失了任何还手之力，头痛欲裂，鼻涕眼泪齐流。

虽然当时我最想做的事是躺在床上睡个昏天黑地，但想到这将是毕业前夕唯一能够留在济南的机会，我还是强忍着各种身体上的不适，坐了一个半小时的公交车，辗转来到考场。不吃药就头痛难忍，吃药则头脑昏昏。我就这样稀里糊涂地参加了那天的考试。

记得那天中午，当我靠在一家饭店的外墙闭着眼睛想休息一会儿时，眼泪突然流了下来。我是这么在乎这次考试，这么想得到这次机会，没想到，竟遇到这样不堪的状况。想到上午答题时力不从心的样子，我感到一种发自心底的凉意。

然而，半年前，同样的公务员考试，我却完全是另外一番光景。2009 年 4 月，为了测试一下试题的难度，我以本科生的身份报名参加了山东省公务员考试（为了避免此类情况扰乱正常的招考，现在已经禁止这种情况的出现）。考试前一周，为了防止裸考出现太糟糕的成绩，我还是简单地准备了一下。七天的时间，每天一套真题，一共做了七套。然后，我便心安理得地匆匆进入考场。

之前听说行测（行政职业能力测试）的试题很多，还需要计算，规定的时间根本就做不完。然而，那次考试，我却提前十几分钟就把 140 个题消灭干净，随便检查了一下，便无聊地观察起依然在低头沉思的其他考生。监考老师警惕地走过来看了看我，发现我并没有作弊的嫌疑，才转身离开。

回到学校，好多同学都在议论着考试的结果。而我，早已把考试时到底有什么题忘得一干二净，心中毫无挂碍地钻进图书馆，准备起毕业论文的材料。

成绩公布时，大家都围在一起议论着彼此的成绩。我也看热闹似的查询起自己的成绩。“刷刷刷”扫到自己的名字时，我一下子惊呆了。第一名？真的假的？我以为自己看花了眼，揉揉眼睛再仔细瞅了瞅，竟然是真的。

然而，我终究还是选择了继续读研。毕竟当时选择辞职，就是想继续学业，怎能还没学完，便半途而废？

可惜，好汉都不提当年勇，我不是好汉，就更不能只是活在回忆里。因为在最需要我展现实力的时候，我却用最惨烈的成绩给自己迎头一击。

国考成绩出来后，果然如意料中一般惨不忍睹。此后很长一段时间，我的脑海中一直盘旋着一个问题：到底是什么导致我在两次公务员考试中表现出如此巨大的差异？

最终，我把它归结为：太想得到。

第一次考试时，心里的基调是轻松的。考得好不好对我来说只能算作是一种参考，并不能从本质上影响此后的生活。因此，得到与失去的天平是平衡的，我的心理处于一种完全放松的状态。于是，我轻松地参加考试，轻松地审题、答题，轻松地面对最后的结果。

而第二次考试时，心里的基调是沉重的。我迫切地希望自己考好，因为我要抓住这次机会留在济南。所以，我怕失败，怕失去这次最后一搏的机会，怕自己不能再考出像上次那样理想的成绩。然而，最终，害怕的事情却真的成了现实。

当我们在和得与失赤膊相对的时候，人类那颗总是喜欢趋利避害的脑袋便义无反顾地选择了得。可是，得的过程却总是那么坎坷，得的结果又看起来那么虚无缥缈，于是，焦虑、忐忑、郁闷，各种负面情绪便趁机占了上风。当这些有害的东西一起作用于人的身体时，各种不良的生理反应就开始接二连三地显现。你最害怕出现的，往往就在这时不偏不倚地出现了。

其实，仔细想来，得与失本就是一件事情的两个方面，得到了可能便意味着失去，失去了却也意味着得到。

于得失之间，我们有多渴望得到，便会有多少恐惧。

然而，人生之路是一场漫长的马拉松，一次得到或失去常常并不能影响到生命列车的走向。何不把心放宽，得到之时勿得意忘形，失去之时亦勿垂头丧气。前方的路上还会有数不清的得与失。人生的输赢并不是看谁现在得到的数量多，而是看谁最后得到的总和大！

第七章

幸福是一捧沙，握得越紧溜得越快

一辈子很长，要和懂你的人在一起

记得某节文学课上，内容讲的是张爱玲，还有几分钟就要下课时，那位戴着黑框眼镜、面容清秀的女老师突然甩出一个问题：依你们看来，胡兰成爱过张爱玲吗？

一石激起千层浪，不管刚才是在认真听课的同学，还是正在神游云外的同学，顿时都来了兴致，叽叽喳喳讨论一番之后，大多数人都对着老师摇头。

究其原因，不外乎始乱终弃，结局并不圆满。有几个发表不同意见的同学差点儿被当成敌对派，遭到大家的群起而攻之。下课的铃声在嘈杂声中响起，女老师用力敲了敲桌子。本以为她会立即宣布下课，没想到，她却若有所思地说："两个人之间的爱，其他的人谁又能懂呢？相遇已是三生有幸，懂得更是少之又少，所以我倒宁愿相信他们曾经真爱过！"

我怀揣着她的这两句话琢磨了很长时间，可因为那时读书太少，经历也太少，并未参透其中的意味所在。因为，在我看来，胡兰成的一生中有多位女性相伴，他怎么能算是真正地爱过张爱玲呢？既然真爱，为何不能独爱张爱玲，而令她说出："我已经不喜欢你了，你是早已不喜欢我了的。这次的决心，是我经过一年半的长时间考虑的。彼时唯以小吉故，不欲增加你的困难。你不要来寻我，即或写信，我亦是不看的了。”决绝至此，难道竟是爱有多深，恨就有多切？！

但时光轮转，多年之后，直到我亲眼看见过太多的悲欢离合，又恰恰在看完张爱玲的《小团圆》后看到那句悬挂在某处的“有生之年，有幸遇见”，才恍然顿悟：相遇已属不易，拥有时且须好好珍惜，至于结局何去何从，全都付与时间评判！

张爱玲的一生都在追寻爱与被爱，而直到遇见胡兰成，她才第一次真正体味到爱带给她的那种难以言说，却震撼心灵的感觉。正所谓：金风玉露一相逢，便胜却人间无数。在寂寞孤独的青春岁月里，胡兰成就像是突然照射进黑暗中的一束光，瞬间照亮了张爱玲的人生。

家庭关系的复杂让她从小就关闭了心门，在过去 20 多年的时光中，谁曾真正懂得张爱玲，真正明白她到底需要一种怎样的心灵上的契合呢？所以，当胡兰成因为倾慕张爱玲而去拜访，之后塞进门缝那张小纸条时，才会让她顿觉一见如故，并索性直接敲开了胡兰成家的门，畅聊五个小时依然不厌倦。对于一个长时间封闭内心的人来说，如果有一个人能够真正懂她所有的心思和言外之意，那他便是她生活的全部了。因为懂得，所以慈悲。

也就在那时，张爱玲用深情的话语写下：“于千万人之中遇见你所要遇见的人，于千万年之中，时间无涯的荒野里，没有早一步，也没有晚一步，刚巧赶上了，没有别的话可说，唯有轻轻地问一声：哦，你也在这里啊？”

然而，爱的天平并非永远对等。胡兰成的离开既带走了身，也带走了心，爱淡情弛，爱的砝码逐渐减少，可张爱玲却在相思中把爱的砝码加到了她所能承受之最重。终于，这份曾经爱到极致的感情也就只能成为曾经了。

谁不期望真爱永恒？但爱着爱着，竟也就散了。爱的消失是真实的，而爱与被爱的存在也是真实的。即便无法爱到最后，只要是在那最美的年华相遇且曾擦出过爱的火花，就是值得纪念和珍惜的。

就如刘瑜在《送你一颗子弹》之《最好的时光》中所写到的，在很多人眼里的悲剧，在我眼里却是个喜剧。倒不是因为他们没有将爱情过渡到柴米油盐的生活所以可喜可贺，而是，看来看去，觉得基本可以确定：第一，她是真心爱过他的；第二，他也是真心爱过她的——就算是他在真心地爱着另外的她、她、她时，他也是同时真心地爱着她的；第三，他对她的爱以及她对他的爱，是建立在“懂得”的基础上的；第四，他们都是有内容因而值得被“懂得”的人。有了这四条，一个人就已经很幸运了。这样大的宇宙，这样漫长的时光隧道，造物主让两个人这样相遇，他们真的已经是万幸了。

有生之年，有幸遇见，即便最终的结果并未如想象中那般圆满，但只要能在茫茫人海中相遇，心有灵犀的人便会感知到爱的真谛。此生爱过，便已无憾！

在寻找爱情的过程中，有的人因为到了结婚的年龄，一经别人撮合，便匆匆结婚了事；有的人却不想将就，寻寻觅觅中大好韶华渐逝；而有些人就幸运得很，恰巧风华正茂的年纪，彼此相看两不厌，且没有以死相逼的各种阻挠，一段美妙的感情悄然滋生并最终水到渠成。

谭谈长相甜美，家庭条件也很不错，研究生毕业后考入一家政府部门任职。周围的亲朋好友纷纷为她介绍男朋友，可相亲相了一打，却始终遇不到那个刚刚好的人。眼看着一年一年过去，同龄的女孩子大多已经嫁作他人妇，她却依然孤身一人。父母着急了，日日催促，年年逼迫，她却还是那副不紧不慢的样子。回应父母只用一句话打发："没有合适的。"父母追问合适的人到底是什么标准，她却根本就不回答，一笑了之。

父母为此整天摇头叹息，可谭谈就是不为所动。终于，一次朋友聚会，她无聊地看着别人成双成对地嬉笑，突然觉得有些孤单。此时，她发现角落里有个男孩竟然与她处于同样的境地。更让她惊喜的是，那男孩恰巧就是自己喜欢的类型：戴着一副黑框眼镜，白白净净，面容清秀。一贯矜持的她破天荒地主动挪到了那男孩的身边，有一句没一句地同他聊起来。没想到，三言两语中，两人迅速找到了共同话题——宫崎骏的动漫。电光石火间，他们成了一对恋人，并最终携手走进了婚姻的殿堂。结婚典礼上，为了活跃气氛，主持人要求他们说说自己的恋爱故事。女孩忍不住笑起来，说："没办法，谁让他刚刚好出现在我寂寞的世界里，而我又很喜欢他那副淡淡的样子，所以我只能抓住他不放了。"男孩也不禁笑了："你把我想说的话都说了！"

一辈子很长，一个人总会有些孤单，如果能够找到一个可以读懂自己的人将是最美好的结局。当然，这样的懂得需要双方共同的努力。因为懂得不容易，且行且珍惜。

幸福的“密码”其实你知道

某电视台曾经做过一期采访节目，是关于“幸福”的话题。记者们采取随机采访路人的方式，询问他们对于幸福的感受。很多人思忖良久，却不知如何回答。

我们常把“幸福”二字挂在嘴边，但当别人问起我们幸福到底是什么的时候，却很少有人能够快速回答上来。幸福本来就是一个抽象的概念，它在每个人的心中都有属于自己独一无二的形象。对于我们很多人来说，幸福是一种可遇而不可求的东西，它似乎是我们一生所追寻的理想，然而，最终的结果却往往很难如愿。但细想起来，幸福并不是一个能够具体化的结果，而是一个能够用乐观开朗的心态生活的过程。

既然我们都那么看重幸福对于生活的影响，那么，人的幸福感到底取决于什么？曾经有这样一篇报道，很详细地阐述了这一问题，值得我们每个人都读一读。

1988 年 4 月，霍华德·金森 24 岁，是美国哥伦比亚大学的哲学系博士。他毕业论文的课题是《人的幸福感取决于什么》。为了完成这一课题，他向市民随机派发出了一万份问卷。问卷中，有详细的个人资料登记，还有五个选项：A. 非常幸福；B. 幸福；C. 一般；D. 痛苦；E. 非常痛苦。历时两个多月，他最终收回了 5200 余张有效问卷。经过统计，仅仅有 121 人认为自己非常幸福。

接下来，霍华德·金森对这 121 人做了详细的调查分析。他发现，这 121 人当中，有 50 人是这座城市的成功人士，他们的幸福感主要来源于事业的成功。而另外的 71 人，有的是普通的家庭主妇，有的是卖菜的农民，有的是公司里的小职员，还有的甚至是领取救济金的流浪汉。这些职业平凡、生涯黯淡的人，为什么也会拥有如此高的幸福感呢？通过与这些人的多次接触交流，霍华德·金森发现，这些人虽然职业多样，性格迥然，但是有一点他们是相同的：那就是他们都对物质没有太多的要求。他们平淡自守，安贫乐道，享受柴米油盐的寻常生活。

这样的调查结果让霍华德·金森很受启发。于是，他得出了这样的论文总结：这个世界上有两种人最幸福。一种是淡泊宁静的平凡人，一种是功成名就的杰出者。如果你是平凡人，你可以通过修炼内心，减少欲望来获得幸福。如果你是杰出者，你可以通过进取拼搏，获得事业的成功，进而获得更高层次的幸福。

他的导师看了他的论文后，十分欣赏，批了一个大大的“优”！

毕业后，霍华德·金森留校任教。一晃 20 多年过去了，如今，霍华德·金森也由当年的意气青年成长为美国一位知名终身教授。2009 年 6 月，一个偶然的机会，他又翻出了当年的那篇毕业论文。他很好奇，当年那 121 名认为自己“非常幸福”的人现在过得怎么样呢？他们的幸福感还像当年那么强烈吗？

他把那121人的联系方式又找了出来，花费了三个月的时间，对他们又进行了一次问卷调查。

调查结果反馈回来了。当年那71名平凡者，除了两人去世以外，共收回69份调查表。这些年来，这69人的生活虽然发生了许多变化（他们有的已经跻身于成功人士的行列；有的一直过着平凡的日子；还有的人由于疾病和意外，生活十分拮据），但是他们的选项都没变，仍然觉得自己“非常幸福”。而那50名成功者的选项却发生了巨大的变化，仅有9人事业一帆风顺，仍然坚持当年的选择——非常幸福；23人选择了“一般”；有16人因为事业受挫，或破产或降职，选择了“痛苦”；另有2人选择了“非常痛苦”。

看着这样的调查结果，霍华德·金森陷入了深思，一连数日，霍华德·金森都沉浸在自己的思绪当中。

两周后，霍华德·金森以《幸福的密码》为题在《华盛顿邮报》上发表了一篇文章。在文中，霍华德·金森详细叙述了这两次问卷调查的过程与结果。在文章结尾，他总结说，所有靠物质支撑的幸福感，都不能持久，都会随着物质的离去而离去。只有心灵的淡定宁静，继而产生的身心愉悦，才是幸福的真正源泉。

这篇文章，引起了广泛的关注。很多读者读了这篇文章之后，都纷纷惊呼：“霍华德·金森破译了幸福的密码！”《华盛顿邮报》一天之内六次加印！

在接受媒体采访时，霍华德·金森一脸愧疚：20多年前，我太过年轻，误解了“幸福”的真正内涵。而且，我还把这种不正确的幸福观传达给了我的许多学生。在此，我真诚地向我的这些学生致歉，向“幸福”致歉！

幸福的密码是什么，相信大家看了这样一篇有数据、有论述的文章，心里有了自己的答案，那就是：保持一份心灵的宁静，在平凡的生活中感受生活的乐趣，就是幸福！

知足是最易得的幸福

有这样一句耳熟能详的俗语：人心不足蛇吞象。意指人的欲望在慢慢膨胀的过程中，恨不能以蛇那么细小的身子，却要吞下大象的躯体。试想，如此巨大的差异，即便蛇真的能吞下大象，它就能感到幸福吗？

从根源上来说，蛇为什么想吞下大象？主要就是不知足。因为不知足，便会在欲望的泥潭里纠缠不清，幸福就会逐渐远离。本以为获得越多，便会越快乐，但走着走着却发现，其实，只有懂得知足，才会开启幸福的门窗。

古谣《不知足诗》就曾这样描述人的欲望："终日奔波只为饥，方才一饱便思衣。衣食两般皆俱足，又想娇容美貌妻。娶得美妻生下子，恨无田地少根基。买到田园多广阔，出入无船少马骑。槽头扣了骡和马，叹无官职被人欺。县丞主簿还嫌小，又要朝中挂紫衣。作了皇帝求仙术，更想登天跨鹤飞。若要世人心里足，除是南柯一梦兮。"

其实，不知足不仅是快乐的杀手，而且也是那些贪婪者祸端的根源所在。《史记·赵世家》中记载：知伯是个野心勃勃的人，想不断地扩展自己的土地。有一次，他联合别国，灭掉了中行氏，侵占了中行氏的领土。过了几年，又派人去韩国要求割地，韩国怕他，便挑了一块好地给他。知伯很高兴，又如法炮制，派人去魏国要求割地，魏国考虑再三，也决定给他一块土地。知伯更高兴了，野心也更大了，紧接着又向赵国索要蔺、皋梁二地。赵国不给，被贪婪冲昏头脑的知伯便率军围攻晋阳。赵军坚守，两支军队打起了持久战。这时，被抢去土地的韩、魏联军在晋阳城外与赵国内外呼应，知伯带领的军队被击败，最后弄得身死地分。贪欲让知伯不懂得适时止步，从而葬送了自己的性命和土地。

《国语》记载，叔向见到韩宣子，宣子正为自己的贫穷而忧愁，叔向却向他表示祝贺。宣子说："我只有正卿的虚名，而没有正卿的财产。没有条件与卿大夫们交往，我为此而忧愁。你向我表示祝贺，这是什么缘故？"

叔向回答："从前，栾武子连百顷田产也没有，他家里置备不齐那些祭祀用的器皿。但他能发扬美德，笃行法度，使晋国地位超过各诸侯国。各诸侯国亲近晋国，戎、狄也归附晋国，因此晋国安定。栾武子执法没有弊病，而避免受责难。到桓子时，他骄纵自大，奢侈无度，贪欲无厌，干犯法度，任意妄为，借放债而聚敛财物。他本应罹祸遭难，只是依恃其父栾武子的道德影响而终其一生。到怀子时，他一改其父桓子的做法而修习祖父栾武子的德行。这本可使他免遭灾难，但因受父亲桓子罪孽的牵连，而流亡楚国。那个郤昭子，他家的财富抵得上晋国公室财产的一半，他家的子弟在晋国三军将佐中占了半数。他依仗自己富有而骄纵，在国中不可一世。最终，他被杀，尸首在朝堂示众，他的宗族在晋国故都绛被灭门。倘若不是这样，郤家八人中有五位大夫三位卿相，那荣耀是够大的了，但一朝被诛灭，竟没有人来哀悼，只因郤氏太无德了。

“现今，您有如栾武子的清贫境况，我认为您能够施行他的德行，所以表示祝贺。如果不为没有建树德行而忧虑，而为财产不足发愁，表示哀悼都来不及，还有什么可祝贺的呢？”

宣子跪拜，并叩头说：“我韩起在趋近灭亡的时候，靠您的教诲而生存下来。不只我韩起一人承受您的恩德，从我先辈桓叔以下，世代都将赞许您的恩德。”

可见，做人还是要懂得知足。正如《解人颐》中的《知足歌》所说的那样：“人生尽受福，人苦不知足。思量事劳苦，闲着便是福。思量疾厄苦，无病便是福。思量患难苦，平安便是福。思量死来苦，活着便是福。也不必高官厚禄，也不必堆金积玉。看起来一日三餐，有许多自然之福。我劝世人，不可不知足。”想一想，句句箴言。

因此，不管在什么情况下，我们一定要懂得知足。知足了，才能心静了。

胡九韶，明朝金溪人。他的家境很贫困，一面教书，一面努力耕作，仅仅可以衣食温饱。

每天黄昏时，胡九韶都要到门口焚香，向天拜九拜，感谢上天赐给他一天的清福。妻子笑他说：“我们一天三餐都是菜粥，怎么谈得上是清福？”胡九韶说：“我首先很庆幸生在太平盛世，没有战争兵祸。其次庆幸我们全家人都能有饭吃，有衣穿，不至于挨饿受冻。最后庆幸的是家里床上没有病人，监狱中没有囚犯，这不是清福是什么？”

再想想我们自己，能够每天生活在和平年代、和平国度，只要勤勤恳恳，努力干一份适合自己的工作，就可以平平安安地生活下去，既不必战战兢兢地担心朝不保夕，也不必担心食不果腹，衣不蔽体。难道这不就是幸福吗？

未曾拥有的未来不值得惦记

冬晨在北京漂了七八年，最终决定回到阔别已久的老家山西。告别已经朝夕相处了12年的北京，他泪眼蒙眬。

送别聚会上，他喝得不省人事，可嘴里却没闲着，一个劲儿地慨叹说："从上大学那时起，我就梦想着要留在这里，然而，十几年就这么过去了，我却不得不回去。如果当初我就选择回老家，现在肯定过得特别舒服，房子、车子、老婆孩子，工作也肯定手到擒来。可你们看我现在，在北京依然是'一个人吃饱，全家不饿'，忙的时候，就像只陀螺，闲的时候，就只能瞪着眼，跟天花板嘟囔两句。"话语中，满是对当前处境的无奈和厌倦，以及对当初选择的后悔和郁闷。

有着和冬晨同样境遇的同伴也忍不住黯然神伤：北京这鬼地方，真不是人待的地方。

然而，同样从北京某高校毕业回到家乡的阿诚，却正在由衷地羡慕着当初有勇气留在北京的同学。

虽然现在阿诚的工作也算是蒸蒸日上，家庭看起来也美满幸福，可阿诚却觉得自己活得有点儿麻木。小县城的生活就像个大闷罐，大多数人都是打断骨头连着筋的老相识，年轻的心就算骚动那么一下，也会传遍大街小巷，全城皆知。看到在北京混的弟兄们嘴里经常说着自己不知道的娱乐项目，谈论着大都市五彩缤纷的生活，心中的不甘顿时将其淹没。

无数个夜里，阿诚开始不断地后悔：年轻的时候不出去闯闯，就这样窝着有个啥意思？要是当初选择了留在北京混，即便现在衣食无着，每天挤在公交车上颠簸两个小时才能回到小小的出租屋，应该也比现在这种两点一线的生活要好得多。

不可否认，人的一生就是由无数个选择排列组合而成。走着走着，我们就会来到一个岔路口，这时，你发现需要做出一个重要选择：向左走，还是向右走？左边看似康庄大道，但人头攒动，熙熙攘攘中真正能够走出属于自己的人生轨迹来的人并不多；右边则是羊肠小道，崎岖山路吹来阵阵寒意，许多人望而却步，不知前面是否有豺狼虎豹出没，更不知自己是否会就此被一阵忽然而来的阴风卷走。

但时间不会为我们而停滞，选择的过程短暂而仓促。选择时，我们往往会闭上眼，畅想着关于未来的模样，然后，欣欣然踏上了某一条自己认为会一帆风顺的人生路。因为保有最初的激情，开始的一段路我们会走得信心百倍。然而，走出了四分之一，就会后悔起来，因为这条路可真不好走。看似平坦的康庄大道，竟然也是荆棘遍布，暗流涌动。拥挤的人潮让你无法左右自己的方向，随波逐流中，还要避开脚下的尖刺和突然而来的明枪暗箭，否则，一不小心就会被刺得血流不止。

然而，更残酷的是，即使如此，捂着伤口也要赶紧挺直腰板继续往前走。因为如果就这样蹲下舔舐自己的伤口，必定会被周围急急赶路的人踩在脚下，那就连站起来的可能也没有了。于是，我们不得不一边龇牙咧嘴地忍着伤痛，一边继续匆匆赶路，心里却在嘀咕着：要是选择另外一条路就好了，那条路看着窄，但人少啊，也不至于像现在这样如此狼狈。

可实际上，走在另外一条路上的人也好不到哪里去，当时以为狭窄难行的路上肯定人烟稀少，没想到路是果真不好走，可人却并不少。路的两边皆是悬崖峭壁，人与人的摩擦碰撞中不时有人一失足摔下山崖。即使胆战心惊地扶着两边突出的石头一步一步小心翼翼地走到半路，却发现，前面的路竟已被巨石挡住，如果还想继续前进，需要重新绕条远路。心里开始没底了，想回去，可人流让我们倒退不得；想前进，又看不到哪怕一点点亮光。

于是，选择了这条路的我们又开始各种吐槽：都怪我当时头脑不清啊，竟然选了这么一条鬼路，当初要是走那条路就好了，宽敞明亮，人多点儿怕啥，可是走得稳啊！

选择很难，选择之后不后悔就更难。恰如钱锺书《围城》中那句耳熟能详的话，围在城里的人想出来，站在城外的人想冲进去，对于婚姻也罢，事业也罢，人生的欲望大都如此。

对此，英国心理学家亚当·菲利普斯说，人类最大的幻想是那些“未曾度过的人生”，那些我们觉得自己应该，或者本来可以拥有，却因为种种原因错过的人生。

大多数人总喜欢惦记着那些曾经错过的人生，似乎正在走着的永远是最糟糕的，而当时曾经舍弃的才是最好的。

其实，全然不是如此，你能走在目前的路上，说明你的心智只配如此。即便让你重新选择，估计你依然会眼神忧郁地扫过眼前的一地鸡毛，盯着别人刚刚捡到的一枚鸡蛋，却忘了你身后的一篮子鸡蛋还带着你捡起它时手上留下的余温。

实在喜欢就踏过鸡毛，扔掉鸡蛋，重新选择；否则，还是赶紧收回眼神，看看自己的路上是否也有别致的风景。我们都是自己命运的设计师，那些一直惦记却未曾拥有的本来就不属于你！

美满婚姻的“黄金法则”

机场里人来人往，雅兰转身接过先生手里的行李箱，忍不住泪湿眼眶。经过无数的竞争，她终于拿到了去美国进修一年的通行证。这可是她梦寐以求的机会，既能助力她的事业发展，又能实现她多年来出国留学而不能的愿望。

可想到出国这一年，先生将不得不独自担负起家里的一切，雅兰的心里便涌上一丝歉疚。既要干好工作，又要照顾双方的父母，还有他们年幼的女儿，将会让这个风度翩翩的男人忙成什么样子，雅兰想都不敢想。

神思恍惚中，先生伸手轻轻拍了拍雅兰的肩膀，然后默不作声地扭过头向外走去。雅兰在泪眼婆娑中看着那个无比熟悉却又突然有些陌生的背影，心头怅然若失。他竟然连一个拥抱都懒得留下，更甭提多说几句款款深情的离别赠言了。一直在默默观望的妹妹看到雅兰有些失望的眼神，赶紧替她擦掉脸上的泪珠，叮嘱她在国外要好好照顾自己。

她抱了抱妹妹，再次朝着先生远去的背影张望着。确定再无转身的可能，雅兰推起行李箱，挥手跟妹妹告别。

漫长的飞行终于结束了，雅兰看着纽约街头川流的车辆和人潮，突然特别想家。她犹豫着应该先给谁拨打电话，最终，她还是先打给了父母。很明显，雅兰还在对机场的一幕耿耿于怀，她在头脑中构思了千万遍的场景竟然只是一个有些决绝的背影，这让她心里不免有些愤慨。

接电话的是妹妹。

“你跟咱爸妈说我已经到了，让他们放心吧！”雅兰又禁不住有些哽咽起来。

“嗯，没问题，有我在家，你就安心在那边进修吧。对了，你给姐夫打电话了吗？”没想到，妹妹话锋一转，转向那个她突然有些怨怼的人身上。

“还没有。”雅兰沉吟着，“他今天的表现忽然让我觉得他原来并不是那么爱我。”深呼吸之后，她还是把心中的苦闷倒了出来。

“为什么？”妹妹似乎很惊讶。

“你看他连句道别的话都不说……”天空飘起了小雨，雅兰也说不清脸上湿乎乎的是雨还是泪。

“可是……”一向心直口快的妹妹竟然欲言又止。“我在门口追上姐夫时，他眼圈通红，似乎刚哭过。”妹妹的话还是像蹦豆子一般跳了出来，“而且，今天姐夫在咱家坐了很长时间，陪爸妈说了很多话。”

“哦！”雅兰虽然没说什么，但心却突然被触动了。先生是个坚强的人，从认识到现在，除了疼爱他的奶奶去世，还没见他流过眼泪。

“他说还会像以前一样定期来看爸妈。他还说，你走了，他心里空落落的！”

妹妹的话突然像电流击中了雅兰的身体，心脏骤然一紧。她似乎看到了，那个猛然转身的男人眼眶中就要滚落的泪滴。从不会用甜言蜜语哄自己开心的先生，一句话也没说就离开，原来只是怕一开口，就会流露出太多的不舍。而他，绝不想让自己看到他的难过，更不想让自己在临出国前看到他脆弱的一面。

其实，这世界上的爱有很多种。有些爱，是用语言来表达的；而有些爱，却是用行动来诠释的。有些爱，摆在你面前，时刻提醒有人在爱你；而有些爱，却一直深藏在心底，沉默中把全世界最真挚的感情留给了你。有些爱，在晴空丽日下如风中飘荡的花香让你感受到爱的甘醇；而有些爱，在凄风苦雨中如生生不息的炭火源源不断地给你供应能量。

著名小说家狄更斯说：“成熟的爱情，敬意、忠心并不轻易表现出来，它的声音是低的，它是谦逊的、退让的、潜伏的，等待了又等待。”但我们浮躁的心经常等不到沉默爱情的爆发，便已经急匆匆逃离。

美满的婚姻需要两个人心灵的感应，我能感受到你对我的好，哪怕有些话我没说，你照样可以体会得到。

作家李筱懿曾经写过一篇关于潘素和张伯驹的爱情故事。他们并不是彼此人生中的唯一，却是对方的不可或缺。

潘素曾经是苏州名门千金，前清著名的状元宰相潘世恩的后代，原名潘白琴，也叫潘慧素。幼年时期，大家闺秀的母亲沈桂香聘请名师教她音乐和绘画，所以，她弹得一手好琵琶，绘画功底也扎实。

13 岁时母亲病逝，她被继母王氏卖到上海的妓院。

但潘素并没有被这样的突然转变所摧毁，而是利用自己的聪明才智，巧妙周旋于各色男人中间，练就了一副察人识色的本领。

然而，因为张伯驹的意外出现，潘素的名妓生涯提前结束了。这位著名的“民国四公子”之一出身豪门，玉树临风，且书文字画无所不晓。

张伯驹对潘素一见钟情，潘素也对张伯驹暗生情愫，但这让已与潘素有婚约的国民党中将臧卓十分生气，于是把潘素软禁在西藏路与汉口路交口的一品香酒店。

但这也没有难倒情深义重的张伯驹，他买通看门的卫兵，孤身一人把潘素劫走了。那年潘素 20 岁，张伯驹 37 岁。从此，两人形影相随，相伴一生。

婚后的两人并没有爱淡情弛，而是越发甜蜜。张伯驹慧眼识才，发现了潘素的绘画天分，决定着力栽培。在张伯驹的大力引荐下，潘素正式拜名师朱德甫学习花鸟画，接着又请汪孟舒、陶心如、祁景西、张孟嘉等各教所长。

张伯驹还把张家的名家字画皆拿出来让潘素临摹，潘素自述：“几十年来，时无冬夏，处无南北，总是手不离笔，案不空纸，不知疲倦，终日沉浸在写生创作之中。”

功夫不负有心人，潘素的绘画水平突飞猛进，张大千夸她的画

“神韵高古，直逼唐人，谓为杨升可也，非五代以后所能望其项背”。

著名文物鉴定家史树青，曾为潘素的《溪山秋色图》题跋：“慧素生平所作山水，极似南朝张僧繇而恪守谢赫六法论，真没骨家法也，此幅白云红树，在当代画家中罕见作者。”

新中国成立后，她的画曾被作为礼物，送给来访的日本天皇、英国首相撒切尔夫人、老布什等。

而潘素也没有辜负张伯驹的一片深情，无条件支持张伯驹视金如土、收藏文物的“败家”举动，不论家庭生活多么困难，也会成全他的名士风流。据说有一次张伯驹看上了一幅古画，价格不菲。当时他们的生活早已变得日益拮据，但张伯驹却不管那些，躺在地上，非要买下来不可。潘素没办法，把首饰卖掉之后，把画买了下来。

张伯驹从没有把潘素当作自己的依附，他希望潘素变得越来越好，并用自己的行动支持她。而潘素也懂得张伯驹的心意，在努力把自己打造得更出色的同时，全身心地爱着张伯驹。

是啊，最好的婚姻不是爱得死去活来，而是懂得彼此成全。

幸福者常怀感恩之心

我和阿超竟意外相遇在千里之外的四川成都，为此，我欢喜雀跃了好长时间。

自从他大学毕业去了北京之后，我们见面的次数屈指可数。因此，能与他偶遇在雨意空蒙的成都，真是天大的惊喜。

说起阿超，脑海中便不自觉地冒出各种溢美之词：稳重、坚强、有责任心、有目标、有追求……所有用来称赞男孩子的话，我都忍不住要一一用在他的身上。而实际上，他并不是高富帅，他是我曾经的学生，一个一直在朝着自己的目标不断努力的穷小子，可在我心里，他比任何高富帅都更值得崇拜。

阿超出生在一个并不富裕甚至是有些贫穷的家庭。母亲在他很小的时候便离家而去，不知所踪，剩下他与父亲相依为命。艰难的生活并没把他单薄的脊梁压垮，相反，他活泼又开朗。更为可贵的是，他似乎从小便知道自己到底想要什么，时时刻刻都在朝着目标前进。

从小学到初中再到高中，阿超的学习成绩一直名列前茅。就在大家信心满满地期待他在高考中结出硕果的时候，他的身体却跟他开了一个大大的玩笑。

高考前夕，阿超上吐下泻，高烧不退。经过一周的折腾，体温才终于稳定了下来。但病去如抽丝，高考的时候，病恹恹的他发挥失常，成绩整整比平时的模拟考试少了 30 多分，理想中的大学与专业肯定与他无缘了。

大家都觉得他这次肯定受到了很大的打击，说不定会一蹶不振，而他却忙着上网查询信息，看看怎样选择学校和专业才能让自己获得利益最大化。有同学悄悄问他："你不准备复读啊？就这样心甘情愿地去上大学？"

他很平静地说："当然是心甘情愿地上大学喽！谁能保证复读之后就会考得更好，况且以后的路也不能全靠这一次考试来决定。只要肯努力，以后的路一定也会走得很好。"

当时大家忍不住要对他膜拜了。只有我知道，他这样做不过是因为不想再拖累父亲，希望可以早一点儿自力更生，让父亲过得轻松一些罢了。

当凉爽的秋风吹遍大地，阿超选择了一所经济类院校开始了崭新的生活。我在忙着自己的考试，联系便渐渐少了起来。

三年后，一个晴热的午后，我接到了阿超打来的电话，他兴奋地告诉我：他如愿考上了中央财经大学的研究生。我也禁不住为他欢呼起来，暂时的挫折果真没有阻挡他前行的脚步，他终于在自己梦想的路上又前进了一步。

我试探着问他这几年过得怎么样。他风轻云淡地说："过得挺好的，每天忙着学习，忙着赚钱养活自己，反正每天都过得挺充实的。"

我的脑海中竟不自觉地浮现出这样一个瘦削的身影：带着自信的微笑和满腔的期待，每天穿梭于学校和兼职之间，为了自己的目标而不断地努力拼搏着。

“真好！”我由衷地赞叹着，“父亲该特别为你高兴吧？”

“嗯，是呀！他激动得都要哭了。说实话，我第一次见他这么激动。考上大学时，他都没这样。他就是一个老实巴交的农民，也不会说那些至理名言，但我想他就是希望看着我能实现自己的愿望就好。我一直在努力，就是希望能让他过上好日子，能让他的后半生过得更舒坦一些。”他的声音竟有些哽咽。

自从阿超读了研究生，我们之间的联系便更少了，只是在每年教师节的时候便会收到他的问候短信。我知道他肯定依然奔走在追寻梦想的路上，为了他最爱的家人，一刻都不想停下前行的脚步。

转眼间，两年的时光飞逝。那天，我正在办公室忙得不可开交，突然接到北京的一个电话。担心是诈骗或是推销电话，犹豫了一会儿，还是硬着头皮接了。没想到，一个熟悉的声音传来：“老师，我已经在北京上班了，刚换的手机号。过一阵就把我爸接到这儿来。您要是有空的时候，也带着家人来玩吧！”我当时竟然有些蒙了，只是慌忙说着：“好的，好的。”也没问问他其他的情况就挂了电话。

后来，我又把电话打了过去，才得知，他进了一家大型上市企业，年薪四五十万，就是比较忙，需要经常出差。

我赶紧以“过来者”的姿态说：“忙点儿好啊，现在竞争如此激烈，能有饭吃就不错了。你拿着那么高的薪水肯定会忙啊。”

阿超笑了，说："放心吧，老师！能走到今天不容易，我一定会珍惜这个工作机会的。反正从小也忙惯了，不忙还受不了呢。现在，我爸也来到我这边了，我没什么牵挂的了，就只有全心全意地工作了。"

我竟又张口结舌地没话说了。

如今，我们重逢在这座来了就不想走的城市，漫步在西南财大的校园之中，听他畅谈此后的人生规划，恍如隔世一般。

说心里话，这些年，我一直被他感动着，小小的肩膀却扛着整个家的希望，从不妥协，从不抱怨，只是那么努力地朝着目标一步一步地向前走。也许，我曾经是他的老师，但现在，他绝对是我的老师，他的坚强，他的感恩，他的脚踏实地，都是我需要向他学习的人生体验！

怀有一颗感恩的心，就经常会遇到生命中的贵人，就如徐老师之如我。屈指算来，认识徐老师竟已有 16 年了。那年，我不甘心只是混个文凭，独自一人报考了山师的函授班。而那个暑假，徐老师正好负责为我们授课。我立即被他的幽默风趣给吸引住了，听得特别认真。而就在那时，我的心里突然萌生了一个念头，希望以后有机会能多跟他交流学习。但我又有些忐忑，并不确定他是否愿意给我联系方式，因为此前其他的同学在另一位老师那里就曾吃过闭门羹。可向往最终还是战胜了不安，一节课后，我鼓足勇气向徐老师说出了心里的愿望。没想到，他并没做任何犹豫，十分爽快地给了我他的邮箱和电话，并欢迎我以后多和他一起交流学习方面的事情。我不知自己当时是否马上表现出了受宠若惊的表情，但内心的感动却是不言而喻的。

此后，只要有空，我便会给徐老师发邮件，或是问好，或是向他询问一些文学方面的知识。函授毕业去学校论文答辩时，我特地去他家里拜访，向他询问了很多注意事项，也得到了他的倾力相助。那时，我常感慨，他就像我人生中的贵人，在我遇到困难的时候总是给我及时的帮助和激励。也就是在那时，我偶然获知，原来像我这样的人，如果想继续深造，还可以考研。

在别人都对我的选择嗤之以鼻的时候，徐老师却给予了我无尽的鼓励和支持。几经波折，终于考研成功，我激动地打电话向徐老师报喜。听得出，电话另一端的他也很兴奋，笑着对我说："你终于如愿以偿了。"多想说几句情深义重的感谢话，可笨嘴拙舌的我，终于还是没能说出口，而是决定将其化作行动，以报这份知遇之恩。

在山大读研时，我终于有机会经常去看望徐老师。坐在他不大却充满书香和花香的小屋里，品着他亲手沏的茶，顿时感觉岁月静好，我心安宁。

三年的时光匆匆而过，我和徐老师的距离又再次变得遥远。然而，这份师生情却早已深入生命的每一个年轮，经受住生活的考验，成长为一棵参天大树。

这些年来，我时常感恩这些出现在我生命中的"贵人"，感谢他们带我见识到更为宽广的世界，感谢他们给予过我无私的帮助，感谢他们曾在人生的某段旅程中温暖过我的人生。

给爱一点点自由

刘蒙和陈旭是一对公认的模范夫妻，陈旭非常温柔体贴，刘蒙则十分顾家，但最近两个人的婚姻却明显地出现了问题。因为最近陈旭被提拔为中层领导，有很多的工作需要当天处理完，所以回家的时间不再像以前那么固定，这让刘蒙有些不舒服了。每次陈旭回家，刘蒙总要盘问陈旭这么晚回家，都在公司忙什么了。开始的时候，陈旭总是耐心地说自己都干了什么，但时间长了，便失去了耐心。有一次，陈旭晚回家一个小时，刘蒙又问起她忙了什么，身体的疲惫加上工作上的不顺心，让陈旭不耐烦地说："哎呀，你总是问我在外面干了什么，其实我能干什么，不就是工作上的那些破事。"

陈旭没有正面回答自己的问题，让刘蒙很不高兴，两个人就那样不太痛快地度过了一个晚上。到了早上，陈旭本来以为一切都过去了，没想到刘蒙却不依不饶地说她现在不得了了，提拔了就看不起自己了，连问她在公司干了什么，也不愿意告诉他了。

陈旭有些哭笑不得，却还是低声下气地说是自己错了，以后一定改，刘蒙才多云转晴。但好日子没过多久，陈旭发现刘蒙在跟踪自己。她非常生气，忍不住跟刘蒙大吵了一架，可刘蒙却辩解说是因为自己太爱她了，怕她回家晚了受到伤害。

陈旭知道刘蒙还是在心里不放心自己，于是给他讲起了这样一个故事：

一个女儿在出嫁前请教自己的母亲：将来如何把握自己的婚姻？

母亲笑而不答，只是用双手轻轻捧起了一把沙子。沙粒堆放在母亲的手心，像一个尖尖的小丘。忽然，母亲紧握起自己摊开的十个手指，只见沙子迅速地撒落下来。

母亲说："婚姻就像手心的这一捧沙子，你握得太紧，就会撒落越快；只有摊开手掌，放松了才能抓到更多。"

不要握得太紧，也不要抓得太松，给对方足够的时间、空间和自由，这就是婚姻。

永远不要把婚姻看作一张只写了两个人名字的纸。

婚姻是无数粒沙子聚成的塔，需要经年的堆砌与累积。经过岁月的洗礼与沉淀，结婚后的爱情有机地融入了柴米油盐酱醋茶，并且失去了恋爱最初的光芒和繁华，就像是无数粒毫无光泽与生机的沙子，经过长年的风化，只剩下洗尽铅华的真实与普通。

实际上，凡事都要有一个"度"，无论是处世、生活，还是对待婚姻。抓得太紧，有时会适得其反，因为每个人都会有自己的生活方式和自由空间，要懂得尊重和理解。把"婚姻"握得太紧，只会让自己过得更累。

一天，老董搭车去女儿家，同行的是一位当地小有名气的律师，因为绕路送搭车的人，耽搁了一段时间。这时那位律师的手机响了。

虽然大家没能听到电话那边的声音，但看他小心翼翼地解释着自己到了什么地方，和什么人在一起，同行的人忍不住偷偷地笑起来。一位心直口快的乘车人也没顾及律师的感受，率直地问他：“你是不是做了对不起你太太的事让她抓住了把柄，要不晚了这十分八分钟还要追究？”律师有些不好意思地笑了，说：“我太太关心我啊，有什么不好？”大家听了笑得更厉害了：“你这么大个人，不过是绕了半个小时的路，还怕在路上被人吃掉骗走？你太太也真是的，就对你这么不放心。”显然，同车人的问话触到了律师的痛处，他叹了口气：“她要这样，我有什么办法？”话匣子打开，律师无奈地摇了摇头。他说，有一次坐便车回家，朋友绕道晚了 20 分钟，他太太不信，就对律师说让他等在那里，她打车过来接他，结果律师只好从朋友车上下来在那里等。律师说他那次很失面子，有种无地自容的感觉。

夫妻间整天像防贼似的防备着，缺少了彼此的信任和理解，心与心怎么能贴近呢？

给爱一点儿自由，为对方留一点儿空间，既让他（她）有了盛放心灵的空间，也让自己有了喘息的空间，这样的爱不是变得淡了，而是更加坚不可摧！

第八章

愿所有的等待，终将不被辜负

没有一份工作是不受委屈的

据说，每一个参加工作的人都有一个梦想，能够拥有一份有钱又很闲、不必看别人脸色、不受任何委屈的工作。但这真的只是梦想，永远不会成真，哪怕是自由职业者，因为没有了别人的约束，便需要自我加压，不断寻求发展空间，以免将来的某一天，跟不上时代发展，连养活自己也会变得艰难。没有一份工作是不受委屈的，而正是因为有了委屈的存在，才让最后的成果更有光彩。

小雪四年前从大学毕业成为一家企业的办公室文员。说是文员，其实什么都干。因为她最年轻，所以，打扫卫生，端茶倒水，打印并分发文件，几乎都是她分内之事。她感觉十分委屈，觉得自己的价值被严重低估了，现在的自己就像保洁员，没有人教自己如何写稿，也没有人教自己如何提高自己。忍了一段时间，终于忍无可忍了，小雪打电话给她的大学辅导员。大学时，小雪是班委，与辅导员混得特别好。听完小雪的哭诉，辅导员说："这都很正常啊，你年轻，这些活当然都得你先干了。但是，干完这些，你就自己抽时间多学学业务啊，只要有机会，你就可以展露自己的才华了。总是陷在烦恼里，是看不到机会的！"小雪真的把辅导员的话听进了脑子里，每天在忙活完乱七八糟的事之后，就自己钻研材料，学习业务。一次公司大会，小雪的发言有理有据有建议，让领导们刮目相看，很快就得到了重用。

有人说，为别人打工肯定要听别人的，受委屈是在所难免的，如果自己创业，做一个自由人，肯定就没这样的问题了。其实，完全不是这样，自己创业所受的委屈和压力会更大。

有一位师兄，博士毕业后顺利进入一家国企工作。但他并不喜欢那种刻板的生活，于是，在“大众创业，万众创新”的召唤下，毅然辞职，一头扎入儿童图书出版市场，希望用积累起的渊博知识，改变目前沉闷的生活现状。

然而，创业远非想象中那般美丽。东拼西凑来的 400 万元，投入市场之后，连个水花都没见到，便不见了踪影。

他焦虑万分，开始经常失眠，头发大把大把地掉，体重不受控制地减。本来就对他当时辞职心存疑虑的家人，此时也不免开始流露出担忧。妻子虽不想给他施加太大压力，可有意无意地旁敲侧击却经常让他如坐针毡：“我们是小户人家，经不起折腾，要是现在住手，说不定还有转机。”静下心来想想，妻子的话其实很在理。毕竟，没有了家底的支撑，接下去的生活也成了急需面对的问题。

可那些钱就这样打了水漂？自己的梦想就此打住？最重要的是，看不见前路的人生得黑暗成什么样子？他不敢想下去。

这时，最要好的朋友从国外回来，约他一起出去聚聚。朋友惊讶于他巨大的变化，忍不住问起他的近况。而他，也终于找到了宣泄的出口，一股脑儿地把自己的处境说了出来。

朋友沉思了很长时间，说："我感觉你选的路子是正确的，关键是宣传推广做得不到位。说实话，我太了解你了。如果你现在不干了，那 400 万元就那样白白地扔了，你还不得怀着愧疚过一辈子？这样吧，我们公司最近应该有一个投资项目，我看是不是能给你争取到一个机会。"

那天晚上，他喝得酩酊大醉，第二天，却早早就起了床。他不再蹲在办公室里只研究如何选择文稿，而是开始东奔西跑，推销已经成型的图书。他们公司的书都是精挑细选的国外著名的儿童读物，并且请专业翻译人员经过认真地检验核对。他很自信品质一流，可似乎国内读者们并不认同。

于是，他亲自上阵，带着销售人员去各小区推销，耐心地解说自己童书的特色，还免费赠送给有兴趣的围观者。

一天下来，口干舌燥，可对他来说，只要有人喜欢自己的书，那点儿辛苦算得了什么。

这时，朋友为他争取的几百万元周转资金终于有了眉目，他白送出去的书也慢慢有了回报。当第一批成品图书销售一空时，他把自己关在仓库里，泪流满面。

妻子悄悄地推门进来，默默地从背后抱着他，陪着他一起流泪："幸亏你没放弃！"

是啊！幸好没放弃，否则丢掉的何止是那 400 万元，还有再也无法拾起的梦想！

人的一生中，关键处不过几步，坚持也许并不一定会立即看到成果，但此时撤退，却会既失掉了以前的所有，也失掉了重生的可能！

很多年前，《艺术人生》里有一期采访了刘若英。朱军问她，为什么你总能给人一种温和淡定、不急不躁的感觉，难道你生活中遇上难题的时候不会很气急败坏吗？刘若英的回答是：那是因为我知道，没有一种工作是不委屈的。

真正做到让自己经济独立起来

前台湾财政主管刘忆如在自己的书中写道，女人的战场不是在厨房，也不是在卧室，而是在你的私人银行。女人要有财力，才能活出属于自己的美丽！有了足够的经济力，生命才会有活力！

雅如风风光光地嫁给了一个条件非常优越的男人。婚后，先生很爱她，对她颇为体贴。第二年，他们有了一个可爱的女儿，为了照顾孩子，雅如辞职在家做起了全职太太。起初，一切都很平静，先生依然赚钱养家，公婆偶尔过来帮她照看孩子。雅如觉得这就是自己理想中的生活，过得十分惬意。

孩子三岁的时候，开始去幼儿园上学了，先生提醒雅如是不是要找一份工作，但雅如因为在家待的时间太长了，反而不想出去工作了。先生见她很为难，便也就没有再强求。但不久之后，先生的工作遇到了一些问题，赚的钱不如以前多了，两人的生活也不如以前阔绰了，但孩子的开销却越来越大。

为了钱的问题，两人之间的矛盾越积越多。每次雅如跟先生要钱购置物品的时候，先生总是没有好脸色，这让她非常生气，各种怨言源源不断地冒出来。公婆到她家时，她总会忍不住发泄一番，公婆也逐渐对她有了成见。

矛盾越积越多，发展到后来，雅如每次给孩子买东西也要一一把账目说明白，先生才会不情愿地把钱拿出来。至于雅如买衣服或是化妆品，就更难了。而公婆对雅如也越来越冷落，先生回家的时间也变得越来越晚，直到有一天彻夜不归。雅如生气地跟他大吵起来，说："你再这样，咱们就离婚！"没想到，一向温文尔雅的先生轻蔑地指着雅如说："你吃我的、喝我的、用我的，离了婚，我就不相信你能过得下去。"

雅如终于意识到，多年的婚姻中，因为自己的依赖，让自己失去了独立生活的能力，才落到了今天的地步。没有了经济的独立，她就像是一只纸老虎，任凭别人的摆布，自己却无力反驳。

雅如决定改变自己，她开始到处投递简历，四处面试。终于，她找到了一家公司开始干起了会计的工作。

多年没有工作了，初干起来总有些力不从心，每当累到筋疲力尽时，雅如便自己躲到洗手间偷偷抹一会儿眼泪，但想到公婆和先生的冷眼，她的心里便闪过一丝寒意。无论如何，得给自己和女儿一个可以掌控的未来。

无数女人曾被电影《喜剧之王》里周星驰的一句"我养你啊"所感动，但仔细回想现实生活中，真正依靠别人来养自己的能有几个是幸福的。王子和灰姑娘的故事永远只是出现在童话中，婚姻里面也需要各种条件的匹配，最重要的便是经济上的对等或者独立。

女人经济独立的目的，不只是不会成为别人的负担与拖累，更多的是在争取主权，最起码是能对自己的生活进行掌控的主权。

不过，幸运的是，雅如是一个坚强的女人，她在经历过痛苦之后，便迅速重新确定了自己的方向，并努力把自己打造成一个不一样的自己。她的工作得到了领导和同事们的认可，随着时间的流逝，她得到了升职和加薪。花着自己的钱，雅如的心里更多的是舒畅和痛快。

就像雅如有次朋友聚会时所说的：以前没有想过花自己赚的钱这么爽，在经历过没有钱和需要看别人脸色要钱的日子后才明白，没有经济的独立何谈生活的独立和自我的存在。虽然说有了钱并不一定意味着有了一切，但没有钱真的有可能会失去一切。

雅如和先生的关系在她参加工作后缓和了很多，但不管怎样，雅如早已不会因为先生的离婚宣告而吓得六神无主了，因为即便真走到了那一步，她也可以骄傲地背起背包离开。

一个人要活得更有尊严，就必须能够经济独立。如果自己就能养活自己，还是不要把希望全部寄托在别人的身上。

别再伤害最爱你的人

昏暗的咖啡厅里，婷婷泣不成声。待情绪稍微稳定，她才终于抽抽搭搭地说出她至今都不愿相信的“晴天霹雳”：小军要和她分手。我不禁有些蒙了，那个像“跟屁虫”一般对她百依百顺，她说一他就从不说二的小军竟然跟她提出分手？然而，现实就是这样，总是用既定的事实将你堵得哑口无言，无可辩驳。

断断续续中，我才听明白，因为一点儿鸡毛蒜皮，婷婷一气之下第 N 次把小军的手机摔成了“粉碎性骨折”。然后，就在婷婷猛然意识到自己做错了的时候，一脸失望的小军突然转身就走，丝毫不听婷婷在后面声嘶力竭地喊着：“回来，你回来……”

“回不去了！”婷婷不停地自言自语。

是啊，是真的回不去了。那个一直把她当作生活重心的小军说他累了，不想再继续了。

记得多年前看过一个故事，名字叫作《原来天使也会累》。故事简短，却恰在那一刻刺中了我的心，因为彼时，我正为了一点儿针尖大的小事，不依不饶地和那个宠我爱我的他发脾气。而正是因为那个故事，我才发现，我也在犯着那样低级却不自知的错误。

故事讲的是青梅竹马的两个人，男孩的眼里只有女孩。但女孩是一个被父母宠坏的孩子，习惯性地把男孩的付出当成了家人爱的延续。女孩时常蛮不讲理，任性而为，可每次，男孩都会回头，轻声对她说：“丫头，我们和好吧。”人们说，两个相爱的人发生了矛盾，第一个转身的就是他们感情上的天使，那么，女孩想，男孩注定就是那个天使，负责为他们的人生谱写优美的乐章。

走出校园后，他们生活在了一起。生活的琐碎让习惯了简单的女孩不胜其烦，为此，男孩承担起了大部分家务。但生活总会越过越平淡，女孩开始时不时地抱怨起男孩的无能和这单调的生活。起初，男孩总是忍耐着试图保持生活的风平浪静，可日久天长，不和谐的音符逐渐成为他们生活中常有的旋律。

一天，迷上了各种聚会的女孩酒醉晚归，一番大吵之后，她摔门而去。凉风吹散了些许酒意，女孩边走边仔细地倾听后面是否有往常那熟悉的脚步声。可没有！她又执拗地等待男孩道歉的电话或是短信，也没有！一个星期后，女孩终于忍不住回到她觉得厌烦却永远干净舒适的家，才发现那个总是拥着她说“对不起”的人已经不见了。

爱情和婚姻中，总有一方充当着两个人的天使，他们往往更爱对方一些，也更愿意用宽容和忍让守护着那方爱的城堡。可大多时候，另一方都是“身在福中不知福”，就如吃多了糖，感觉甜度也会降低一样，一直被爱浸润的人对幸福的感知能力往往也会变得越来越迟钝。

任性和无理取闹常成为他们不断挑战底线的一次次试探，殊不知，天使也会有累的时候，当我们横冲直撞地把天使的翅膀折断，爱的缘分也终将因此画上一个并不圆满的句号。

除了那些无以复加的任性，其实，虚荣心也是摧毁爱情的一道利器。

小惠最近就常和先生怄气，因为她觉得他应该能够明白自己的意思，但恰恰相反，虽然她不断地旁敲侧击，先生却依旧一脸茫然。

这不，小惠的生日马上就要到了，看到同事生日时晒出了亮闪闪的钻戒，小惠忍不住跟先生酸溜溜地说起了同事炫耀时得意忘形的样子。实际上，小惠是在暗示先生，她也希望得到一份拿得出手的生日礼物。然而，木讷的先生却什么都没说。

生日那天，小惠盼望着先生会突然给自己一个惊喜，但除了一条充满爱意的祝福短信之外，便没有了其他的音讯。晚上，小惠拖着疲惫的身子回家，发现像往常一样，餐桌上早已摆满香喷喷的饭菜，只是今天还多了一瓶红酒。先生赶紧走来接过她手里的包，可怀揣更高期望值的小惠还是失望透顶，不耐烦地走进了洗手间。

“快吃饭吧！”先生早已坐在餐桌前等她。

“没情趣！你就不会来点儿浪漫的吗？”小惠积攒了一天的情绪终于爆发了。

“歌里不是说，最浪漫的事就是和你一起慢慢变老吗？你看，红酒、佳肴，不是也很浪漫吗？更重要的是，我心里有你啊！”为了缓和气氛，先生跟小惠开起了玩笑。

“你心里有我有什么用，谁又能看到？！”没想到小惠依然不依不饶。

“你的意思是这个，对吗？”老公一脸失落地走进卧室，拿出一个小礼盒，递给了小惠。然后，默默地坐在一边的沙发上，不再吭声。小惠打开包装，发现里面竟是她梦寐以求的琥珀项链。看着情绪低落的老公，小惠心里很不是滋味。

她总觉得老公很没有生活情趣，自从相识到现在，除了把自己照顾得很周到之外，一点儿浪漫的表示也没有。哪像朋友圈里的那些姐妹们，今天晒花，明天晒手包，而自己，估计只能晒满桌子的饭菜了。其实，老公哪能不知道她的心思，只是因为结婚不久，手头拮据，而他希望省吃俭用，尽快给小惠一个更安稳的生活罢了。

最深沉的爱永远藏在心底，需要懂得的人用心观察才能发现。全心全意的付出即便不求回报，却也希望得到爱的回应。就像《灵魂有香气的女子》中所说的：有慧心的女人懂得回应，即，我明白你对我的好，我将尽我所能给予你更多的好。

亲爱的，如果你有幸被爱的天使眷顾，请别忘了时常给他们补充爱的能量。获得一份真爱不容易，别让天使也累了！

既然单身就给它一个耀眼的理由

每一个进入适龄人群的男男女女，都必然会面对这样一个问题：结婚。但结婚是两个人的事情，并不是我们自己能够左右的。对于父母或是其他人来说，到了年龄还不结婚便是矫情，或是心理不健康，所以就有了“逼婚”一说。每到过节的时候，逼婚更是成了一道风景，似乎不说说这个话题，便没有更好的选择。但对于很多年轻人来说，单身完全是一种正常的选择，与他人没有半点儿关系。

有人曾经总结过一些人闪婚的原因：有的人是想脱离父母的管束，向往自己想要的自由，所以匆匆选择一个也许并不算合适的人结婚，以便开始一段崭新的生活，殊不知，往往会陷入另外一个恶性循环，婚后的生活更加糟糕。有的人是想从别人的身上寻找安全感，但真正的安全感是自己给的，从另一半身上寻找安全感，必定只会让自己越来越失望。还有的人结婚完全就是为了摆脱单身，因为他们无法经受住别人的一再劝说，就随便找个人先对付一下。这样的结合当然更可怕，因为凑合起来的两个人很容易因为一言不合就离婚。

对于恐惧单身的朋友而言，他们很难理解那些真正享受单身并过得精彩的人，到底是怎样的状态。也有些人，没有受这样的影响，他们不想结婚就一直单身，从不在意别人的言语，因为在他们眼里，单身照样可以有精彩的生活。

小佳今年 28 岁了，一家人都对她的婚姻大事十分关心，但她却扬言自己可能一辈子不结婚。因为她更喜欢现在自由自在的感觉，每年都会出门旅行，几乎走遍了世界各个角落。她也爱把自己的旅行见闻写出来，分享给每一位同样喜欢旅行的朋友。父母着急了，便发动亲朋好友轮番动员小佳，苦口婆心地劝她好好考虑一下自己的终身大事。看到小佳不为所动，两代人之间没少爆发冲突，但小佳依然坚持自己的选择。家人都要小佳给出一个合理的理由，小佳说：就是喜欢这种状态，何必需要理由！

其实，不论结婚与否，只要你能够像小佳一般真正地享受生活，就是没有虚度。

不可否认，单身一族的出现已经成为一种必然，成为一种世界性的潮流。澳大利亚知名专栏作家苏·奥斯特拉的《享受单身》中就提供了大量的例证、方法、提议向“女性必须始终被爱，只有爱情才能使她们幸福”的神话发起了挑战。她鼓励女性像追求爱情一样去追逐生活。她想让人们知道，单身是开始崭新、健康生活的跳板，而不是悲伤消沉的借口。

乐嘉也有一篇文章专门写到了单身现象：目前，全球发达国家选择不婚的人口已占总人口的 1/4，在那些国家，大家非常尊重个人的婚姻选择，很少有人会因自己选择单身而受到外界和社会的指责。曾有香港媒体评论，随着人类寿命增加，人们已越来越难将古典情怀中的“天长地久”和“白头偕老”进行到底。一位伦理家曾说：“我不相信人们再能保持100年的一夫一妻制婚姻生活。我想也许在未来，我们会找到某种并非一夫一妻制，但大家都能接纳的生活方式。”

乐嘉把享受单身生活的主要形态归纳为等待婚姻和不想婚姻两类。等待婚姻者渴望爱情和家庭，却又不想将就着过日子，所以选择等待。吴仪是这样介绍自己的：“生活没有赋予我这个机会，既然已经这样安排了，就不必勉强，一切顺其自然吧。”

不想婚姻者认为自己就可以过得很好，不必非要被婚姻捆住手脚不可，为了家庭而丧失自由，毕竟人生还有很多风景，何必局限了自己的人生。

乐嘉这样总结说：我们每个人，都有权选择单身或结婚。我们都是独立的个体，最该听从的是自己内心深处的声音，最该尊重的首先是自己。重要的是，无论你的选择是什么，你都可以享受这个过程。

那么，我们如何才能真正地享受单身时光呢？不妨从以下几个方面来做：

一是要有几个非常谈得来的好朋友。人是群居动物，需要感情的倾诉和流露，没有了亲密爱人，就需要可以交流的朋友。他们可以在适当的时候给予情感的沟通和共鸣，能够在你需要的时候伸出手来助你一臂之力。

二是要专心经营自己的事业。单身便意味着需要自己独立承受生活中的所有风险，因此，没有了其他能够分散注意力的事物，就更要把事业经营得更加出色，为自己以后的生活提供保障。同时，单身时是发展你事业的绝好时机。如果你找到了自己热爱的工作，不妨倾注更多时间和精力去发展你的职业生涯，而如果你被不喜欢的工作所束缚，现在也正是时候去改变它。

三是要找到真正的兴趣点。精彩的生活绝不可能只有工作，要想把自己的生活打理得更加精致，必须学会培养自己的兴趣爱好，那将让精神有了寄托，也会完善自己的人生。

真正的宽恕是一个过程

对于我们大多数人来说，宽恕只是一个普通的词，但仔细回想历史长河中的诸多故事，能真正做到宽恕的人却绝对是不简单的人。它需要我们有爱心，能容忍，愿意原谅，同时，它还需要时间的发酵和打磨。

一对老夫妻正在举办50周年金婚纪念日，亲朋好友纷纷前来祝贺。看到老夫妻幸福的样子，所有的来宾都非常羡慕。于是，有人就忍不住向老太太提出了心里的疑问。听到客人的提问，两位老人都笑了，最后由老太太负责做出解答，道出了她保持婚姻幸福的秘诀。她说："从我结婚那天起，我就准备列出丈夫的10条缺点，为了我们婚姻的幸福，我向自己承诺，每当他犯了这10条缺点中的任何一项，我都愿意原谅他。"有人问，那10条缺点到底是什么呢？她回答说："老实告诉你们吧，50年来，我始终没有把这10条缺点具体地列出来。每当我丈夫做错了事，让我气得直跳脚的时候，我马上提醒自己：算他运气好吧，他犯的是我可以原谅的那10条缺点当中的一条。"

其实，正如曾在网络中盛传的一篇文章中所说，在婚姻中，我们都有上千次想离开对方的欲望。因为生活背景和成长经历的不同，两个人之间的差距总是无时无处不在，最后成功在人生的旅途上一直结伴而行的夫妻，必然是学会了如何宽恕对方、善于妥协的人，他们很少把对方对自己的冒犯当成不可宽恕的事情，而是会寻找各种理由为另一半开脱。

当然，真正的宽恕是一个过程，需要时间的沉淀，也需要我们用心去感受别人的优点，放过别人的缺点。

我们不只要学会宽恕别人，也要学着宽恕自己。我曾看过这样一个非常经典的故事：

在一所疗养院里，一名叫爱德华的男护士花费了很长时间照顾一位已经六年不能走路的老太太。

她总是想谈论有关上帝与宽恕方面的话题。因为爱德华曾有过一次近乎死亡的经历，因此谈论这种话题令他感到轻松愉快。

但一天夜里，已经很晚了，爱德华出门办事，却突然被老太太叫住了。

“你确信上帝能宽恕我们所做的每一件事吗？”她问。

“是的，从我自己的经历来看，我相信。”他说，“你知道福音歌曲告诉我们的，他清楚你与我说的每一句谎言，虽然看到我们的生活方式使他很难过，他却总是会说‘我宽恕’。”

她叹息着：“那时我是年轻的女子，我偷了父母的银器并卖了它，以便我能有足够的钱结婚。我从未告诉任何人，也未曾有人发现。上帝会宽恕我吗？”

“是的！”爱德华让她放心，“上帝会宽恕你的。晚安。”

第二天早上，爱德华回去上班时，被告之去见管理人员。管理人员问昨天晚上他对那位老太太所说的话。

“与以前一样，”爱德华解释着，“我们谈上帝与宽恕方面的话题。怎么了？”

“在凌晨3：00，那位老太太走出了她的房间，并且，没有人帮助，把她的《圣经》与假牙放在护士的办公桌上，说‘我不再需要这些东西了’，然后她走回自己的房间，躺下，去世了。”

老太太终于在临死前把自己的心里话告诉了爱德华，从而从心底真正宽恕了自己。虽然宽恕自己的过程漫长，但总算安宁地离开了这个世界。

相比生死，这个世界上没有不能够宽恕的事情。宽恕别人，也宽恕自己，心中的世界便会宽敞很多。当然，真正的宽恕需要一个消化吸收的过程，不要着急，给心灵留出对话的时间，一切都会云淡风轻。

安能尽如人意，但求无愧我心

每个人都希望自己的所作所为能够被更多的人所接受和认可，但事实是，无论什么样的事情，总会有人支持，有人反对。对于我们来说，不可能为了几个人的反对，就放弃当初的选择，即便因为一次选择出现了这样或是那样不如意的结果，我们也不能就自暴自弃。正如一本书里曾经说过的：安能尽如人意，但求无愧于心。

李宁曾经是我国体操界的骄傲，因为那一年，他一个人在洛杉矶奥运会上取得 3 金 2 银 1 铜的辉煌成绩。比赛结束后，他打算急流勇退，选择退役。这时的李宁已经 25 岁了，且满身是伤，无论从年龄还是从身体情况来看，都不适合继续比赛了。但世事难料，1988 年汉城奥运会时，国家队在青黄不接的情况下还是决定让李宁上阵。李宁不想背负临阵脱逃的骂名，思虑再三之后，参加了那届奥运会。可就是因为这次强行上阵，让他不得不独自承受兵败首尔的结果。不过，幸运的是，正是这次失败让他深刻认识到，无论如何，他都不适合做体操运动员了。赛完回国后，再也没有上次的热闹景象，他独自走在几十米远的通道上，没有鲜花，也没有掌声。但这条道路让他学会了思考，重新认识了自己，更明白了什么时间适合做什么，不适合做什么，如何做时间和成功的主人。

退役后的李宁重新选择了自己的定位，缔造出属于他的“李宁王国”，成功地从一名运动员转型为一名商人，而他所从事的恰好还是与体育有关的行业。

每一名体育运动员都必然会面临退役的结局，而李宁的选择无疑是值得借鉴的。虽然他是在经历了一轮失败之后才醒悟的，但正是因为那次失败，才让他不再心存侥幸，反而从另一个方面成就了他经商的天赋，为我们创造了一个新的世界品牌。

在教育孩子方面，也是一样的道理。有的父母总是企图把最好的东西一股脑儿地留给孩子，岂不知，这样的溺爱反而会把孩子推向另一个极端。真正懂得教育孩子的父母都懂得世界上没有十全十美的教育，真正爱孩子应该从长远出发，培养孩子良好的品性。即便他们年轻时不能像人们想象中那么成功，但良好的品德会为他们以后的生活开启不一样的天空。

曾经看过一则名人家教故事：

在印度，有一对父子，帕里维拉和卡布尔，他们在一部影片里分别扮演大法官拉贡纳特和流浪者拉兹。这部影片就是深受我国观众喜爱的印度电影《流浪者》。

在影片中，帕里维拉扮演的法官是一个满脑子充满偏见、令人厌恶的角色，但在银幕以外，帕里维拉却是一位教子有方的好父亲。

帕里维拉成为电影明星以后，儿子卡布尔也神气起来。在剧团里，只要爸爸不在场，他就会目空一切，谁都不放在眼里。

帕里维拉看到儿子的虚荣心很强，就下决心好好教育他。

一天，帕里维拉把儿子卡布尔叫到跟前，严肃地对他说："在家里，我们是父子，我们可以一起聊天，一起说笑，但是走出这个家之后，你就是一个普通的人，你要和许多人一样，用自己的脚，去走自己的路。"

为了激励儿子去走自己的路，帕里维拉与儿子约法三章：不准儿子炫耀自己的身份，沾自己的光；不能骄傲自满，目空一切；不许一登台就演主角。

卡布尔开始时不理解父亲的教诲，觉得父亲不通情理，但还是慢慢接受了父亲的建议。

一些朋友曾对帕里维拉说："你儿子很有表演才能，你作为父亲，怎么就不帮帮他呢？你的儿子不会埋怨你吗？"

对这些劝说，帕里维拉总是严肃地回答说："我想提携儿子并不难，但如果这样，卡布尔即使天赋再高，也会逐渐凋零，因为他还缺少厚实的生活根底和艺术功底。我要是这样做的话，就会毁了他的一生。"

在父亲的严格教导下，卡布尔进步很快。他在《流浪者》中扮演的拉兹，表现出了非凡的表演才能，轰动了整个世界。

帕里维拉一直坚持自己的原则，没有用自己的名气为孩子争取更多的发展空间，而是严格要求他用自己的实力去争取更多的机会。虽然帕里维拉当时的行为被朋友们和孩子所质疑，但最后的结果却充分证明了他当时的选择是正确的。

不能取得别人的理解和支持是十分正常的事情，但只要我们认定自己的所作所为是正当且无愧于心的，便不必理会别人的流言蜚语，也不必在意人们一时的误解，只管按照自己的标准去做就好了。总有一天，云开日出，所有的误会都会在一瞬间消失殆尽。

不和自己对抗，你就会更强大

生活永远不像我们所想象的那样完美，包括我们自己。无论是否愿意接受，所有的事物都存在着这样那样的缺陷。

我曾经一直无法原谅自己，甚至为此失眠了很久。事情的缘由其实说出来可笑：一年春天，我接受了一次非常重要的工作任务，上级领导来单位检查时，我担任解说，负责把工作中的亮点和重点都完整地介绍出来。接到任务后，我很高兴，因为领导能把这样的工作交给我，说明对我十分看重，并且非常认同我的工作。为了能把明天的解说任务保质保量地完成，我连晚饭都没吃，就开始准备解说词，写完之后又开始背诵，一直折腾到半夜 12 点，才把稿子上面的内容完整地背下来。躺在床上，满脑子还是那些背过的句子。终于等到天亮，我匆匆准备好上班用的东西，就赶到了单位。

那天的天气有些阴冷，为了出镜效果好，我只穿了一身比较单薄的衣服。站在外面，北风吹得我直打哆嗦，但我还是努力让自己保持冷静，保证能够出色地完成任务。

上级领导来了，单位领导和同事们都迎上去。看到那么多人，我突然变得非常紧张，不知自己的解说到底应该从何开始。片刻的沉默之后，我颤抖着声音开了口，却发现，昨天晚上还背得特别流利的话今天已经变得结结巴巴，越是努力地想说得更清楚，却越是难以说明白。恶性循环中，上级领导已经转头准备去往另一个方向。想把尴尬弥补回来的我赶紧跟了上去，终于能够比较清晰地讲话了，但前期的遗憾却早已经无法弥补了。

上级领导离开后，我瞥见了领导冷冷的眼神，知道自己今天的表现确实太糟糕了，自责的感觉突然间就袭遍了全身，脑子里一遍遍地回忆着刚才的场景，责备自己怎么能那么蠢，怎么会那么紧张。然后，又开始暗自琢磨别人会怎样嘲笑我，看来这次丢人是丢大了。

这些思绪搅得我根本无法正常工作，只感觉头痛欲裂，忍不住跑到厕所里面大哭了一场。回到家里，先生看到了我的异样，关心地问我怎么了。疲倦的我边哭边一五一十地把当天的情景告诉了先生。先生笑了，说："这有什么，谁还没有犯错的时候。我记得看过一篇文章，是写傅莹的。你看现在傅莹多有风度，对了，你不是非常崇拜她吗？但她年轻的时候也出过一些笑话呢。这有什么啊！"

我以为是先生故意逗我的，便上网搜索了一下，没想到，果真有那么回事。

报道里面是这样写的：1977 年从"北外"毕业后，傅莹在外交部开始了十余年的翻译工作。1988 年 1 月 20 日上午，84 岁高龄的邓小平在人民大会堂福建厅会见来访的 48 岁的挪威首相格罗·哈莱姆·布伦特兰夫人，外交部副部长周南陪同会见，傅莹担任英语翻译。会见开始，邓小平谈到自己的年龄，他对布伦特兰夫人说："我今年 84 岁，该退休了……”但是傅莹一不留神，将 84 岁译成了 48 岁。在场的副外长周南听出了这一错误，当即告诉了邓小平。邓小平听后，不但没有批评傅莹，反而开怀大笑，他幽默地说道：“好呀，我有返老还童术，竟然一下子与布伦特兰夫人一样年轻喽。”但从此之后，傅莹认识到自己还需要继续修炼，便给自己布置更多学习任务，终于成就了今天不一样的外交风采。

接受自己的不完美，不与自己的缺陷死抗，我们的生活才能变得更加和谐。因为世间没有“完美”“完人”可言。我们在谈“完美”的时候，必须允许“不完美”的存在，认真地接受“不完美”，你就会变得更强大。

有书相伴，心静下来，世界也静了

假若论美貌，董卿定算不上沉鱼落雁、闭月羞花，可为什么世事沧桑，几番轮回，董卿却越来越多地赢得了观众的认可与赞赏？仔细琢磨，定是她深厚的知识功底和由内而外散发出的知性光辉发挥了作用。

“胸中元自有丘壑，盏里何妨对圣贤。”出口成章，从容应对的背后，也许有天赋这样的先决条件，也许有环境熏陶这样的后发优势，但最重要的肯定离不了长期的、不间断地输入——读书。

董卿曾说：“假如我几天不读书，我会感觉像一个人几天不洗澡那样难受。”由此看来，读书早已成为她生活中不可或缺的一部分，而每天一小时的读书习惯雷打不动地从中学保持到了现在。对于她来说，读书是一件乐事，因为“读书让人学会思考，让人能够沉下来，享受一种灵魂深处的愉悦”。

岁月的沉淀会让人日益苍老，而知识的积淀却只会让人变得更加优雅从容。一本本书的浸润赋予董卿愈加沉静的面容，也带给她更为丰盈的心灵，让她虽身在闹市，却始终保有一身“书卷气”。

在主持节目时，董卿曾多次透露说，爸爸妈妈从小就对她要求十分严格，而读书更是在爸爸妈妈的监督下养成了习惯。现在想来，这份有些苛刻的要求中却透出满满的爱意，因为正是有了书的陪伴，才成就了今天气质如兰、谈吐自若的董卿。

读书让董卿蜕变成观众们口中的“真女神”，收获了诸多的美誉，也为其职业生涯涂上浓墨重彩的一笔。读书本无意，却终能一举多得，真真羡煞众人也。其实，从古至今，无数诗句都曾毫无隐瞒地历数过读书的好处。

宋真宗的《劝学诗》中有言：“富家不用买良田，书中自有千钟粟；安居不用架高堂，书中自有黄金屋；出门莫恨无人随，书中车马多如簇；娶妻莫恨无良媒，书中自有颜如玉；男儿欲遂平生志，六经勤向窗前读。”

读书所能给予人们物质方面的改善，大抵都已被这首诗囊括其中，而读书能够给予人们精神上的改变，则莫如苏轼的这句：“粗缯大布裹生涯，腹有诗书气自华。”

其实，仔细想想，类似这样的诗句并没有任何的虚夸，古往今来，出口成章，著书立作的大学问家无不以勤读为本。“囊萤映雪”“凿壁偷光”，书籍的诱惑足以让爱书者想尽一切办法与书为伴，不离不弃。苏东坡说“读破万卷自通神”，可见，书读得多了，自然神思泉涌，笔下生辉。万卷之书，如源头活水，助人成就大事；如若不能，即便间或偶翻三两页，甚至也会开卷有益。

朋友小梅是一位特别能干的职场达人，每天在工作和家庭的角色中不停地切换，疲惫时常有一种被掏空的感觉。

因为交流不畅，她与先生的关系也一度降到冰点。一次大吵后，她郁闷地摆弄着手机，看到朋友圈里有人发送了一个读书链接，便顺手点了进去。原来是一个督促一起读书的俱乐部。本来她也只是图个新鲜，但在强迫自己参加读书会之后，她就不可抑止地被一本书吸引了。

那本书的名字叫《随遇而安》，是著名主持人孟非的一本自传集。内容并不复杂，简单流畅，却在小梅的心间激荡起了朵朵浪花。每个人的一生都会经历诸多当时看起来过不去的坎，但之后再仔细回想，却发现，一抬脚，一眨眼之间也就过去了，而真正到最后还能留在心间的，除了那些努力付出的时刻，还有那些彼此依靠、相互慰藉的爱的瞬间。

看着看着，小梅的心里却起了波澜。她与先生本来是非常相爱的，但最近的状况却正向着极为危险的方向行进。对权力和金钱的欲望几乎让她忘记了生活的意义绝不是只有工作。她默默地思考着一个问题：如果一味地奔跑让我们的生活变得如同嚼蜡，那么，是不是应该调换一下生活的方向盘，选择另外一种更为从容的人生？

她首先打破了冷战的僵局，主动把书中的内容与先生分享。没想到，先生也很感兴趣，两个人决定去书中所介绍的地方转一转，感受一下那种心灵洗涤的畅快。他们开始放下芥蒂，有意识地调整自己的计划，除了要抽出时间出去旅游之外，还要一起把读书这件事坚持下去。因为他们相信，一起读书、一起分享，心灵的脚步才能保持一致，感情的脚步才不会掉队。

“书有一股力量可以使人真切而紧密地互相结合，往往由于对某书有共同喜爱的而彼此产生亲切之感。”如若生活在一起的两个人都能常读书，那这书便是不可多得的润滑剂。它能让两人有话说，有情诉。心灵的共鸣会让他们的感情历久弥新，就如钱锺书和杨绛那样，字里行间全是爱，走过再长的路也不嫌累。

书能当作生活的添加剂，让生活更有味道；书也能成为人的精神，把人生的真谛浓缩在一本书中传承下去。著名剧作家柯灵说过的一段话堪称经典：“书是我青春期的恋人，中年的知己，暮年的伴侣。有了它，我就不再愁寂寞，不再怕人情冷暖，世态炎凉。它使我成为精神世界的富翁。我真的是‘不可一日无此君’。当我忙完了，累极了；当我愤怒时，苦恼时，我就想亲近它，因为这是一种绝妙的安抚。”细细想来，每一个真正成功的作家无不是书痴。他们把书融为自己的血和肉，书又成为他们的代名词。

《百年孤独》的作者马尔克斯于1982年获诺贝尔文学奖，评论家们盛赞他为天才小说家。但如果你有幸读过他唯一的一本自传《活着为了讲述》，便会发现，他那些奇思妙想的构思和妙笔生花的语言，绝非只靠天生的智慧，饥不择食般对阅读的热爱才是他最终走上写作这条路的引路人。

马尔克斯学会认字后的一天，当他在家中储藏室里偶然翻到一本叫《一千零一夜》的书时，就一头栽了进去，读得如醉如痴。家里孩子众多，生活也曾一度困窘，因为有了书籍的陪伴，才让他在窘迫的人生困境中找到了生活的乐趣，并且得到了命运的眷顾。

小学上到一半时，母亲听从了别人的劝说，东拼西凑了一点儿钱，决定让马尔克斯转学到条件较好的卡塔赫纳小学。但因为时间仓促，马尔克斯无法让之前所在的学校提供成绩单。眼看转学的计划就要泡汤，幸好其中的一位面试官没有放弃马尔克斯，无意间问了他一个问题，转机就在那时出现了。面试官当即被马尔克斯不凡的见识所吸引。因为打动面试官的，便是他小小年纪竟然已经读了不少的名著。最后，这所小学不仅录取了马尔克斯，还特别关照允许他把图书馆的书带回家看。而那位考官，其实就是校长胡安·本图拉·卡萨林斯。

“曾经读过的书”成全了马尔克斯继续读书的愿望。书是马尔克斯一生最忠实的伴侣，而通过他的大脑加工过的文字写就的书又成为读者的“大餐”，输入与产出在马尔克斯身上得到了完美的结合。

书本是静止的，但其中的内容却是鲜活的。当它与人类的思想结合，便会产生不可言说的奇妙反应。“借着书，我们可以想象和先哲们漫步在那些优美迷人的意境中；借着书，我们可以安坐家中，神游四海，翱翔于斯宾塞笔下鸟群扑面的天堂，或弥尔顿笔下天使在耳边吟诵圣诗的乐园。”

读书能让人获得应有的价值，因为谈吐中透露出来的书香是一个人介绍自己时最能打动人的标签。

读书能让人变得通透，因为书籍会为我们展现出极为广阔的世界，让我们意识到自己的渺小，告诉我们很多东西真的不必在意，活得精彩最重要。

读书能让人得到持续的能量，因为当书籍与脑细胞结合，便会产生一种叫作“智慧”的东西，它能持续释放能量，源源不断。

手执一本书，阳光弥漫中，茶香氤氲间，诗和远方，心中渐现。无论是读书的人抑或是写书的人，只要有幸与书为伴，便是今生难得的福分。